Антология современной

русской экологической литературы

俄罗斯当代生态文学作品集

Михаил Михайлович Пришвин

米哈伊尔·米哈伊洛维奇·普里什文

作者简介

米哈伊尔·米哈伊洛维奇·普里什文是俄罗斯著名的散文作家。他于1873年生于俄罗斯奥廖尔省叶列茨县一个破败的商人家庭。从商人出身的父亲那里，普里什文继承了梦幻和诗意的天性。他的母亲属于伊格纳托夫商人家庭的旧教派信徒，普里什文毕生的事业与生活都受到母亲深深的影响。普里什文在叶列茨男子中学学习时，因与地理老师瓦西里·瓦西里耶维奇·罗扎诺夫（后来成为著名的哲学家和作家）发生冲突而被学校开除。他把对马克思主义产生兴趣（19世纪90年代中期至20世纪初）看作自己生命中的一个“决定性时刻”。后来他因为为马克思主义小组工作而被捕，并被单独监禁在米塔瓦监狱。

普里什文在德国莱比锡大学哲学学院哲学系的农学部学习时熟悉了欧洲文化，尤其是德国文化，并痴迷于歌德、瓦格纳和尼采。普里什文把1902年在巴黎与瓦尔瓦拉·彼得罗夫娜·伊兹马尔科娃的相遇，以及对她的爱看作自己生命中的另一个“决定性时刻”。随后，这些“决定性时刻”成为普里什文创作的自传体小说《恶老头的锁链》的情节基础。

1902—1905年，普里什文当了一名农艺师，写了一些关于农业的书籍。1905年他开始从事新闻工作，这直接促成他散文诗学的形成和随笔集《节外生枝》的诞生。他于1904年抵达圣彼得堡，成为圣彼得堡作家的“精神家园”。在此期间，他与马克西姆·高尔基、德米特里·谢尔盖耶维奇·梅列日科夫斯基、亚历山大·亚历山德罗维奇·勃洛克等作家关系密切。

普里什文把北方称为他诗意的故乡。他在创作生涯一开始就萌生了去北方大地旅行的想法。1906 年夏天，正如普里什文自己后来所说的那样，“放弃了自己的仕途，身无分文，带着一支廉价的枪，徒步北上，记录民间故事和传说”。然后他在维戈夫地区（卡累利阿）待了几个月。普里什文第一次去北方旅行时记录的 38 篇民间故事被收录在翁丘科夫整理的《北方童话集》中。根据这次旅行的印象，普里什文创作了一本散文集《飞鸟不惊的地方》，他认为这是自己真正的第一部文学作品。凭借这部作品，普里什文被授予俄罗斯皇家地理学会的银质奖章。

1907 年，普里什文代表地理学会再次奔赴北方。“抛开一切，我再次前往……飞鸟不惊之地，记录童话故事。”他回忆道：“1907 年 5 月中旬，我沿着苏霍纳河和北德维纳河前往阿尔汉格尔斯克——这就是我穿越北方的开始。一部分路程步行，一部分路程坐木船划行，一部分路程坐轮船航行，我绕着白海沿岸转了一圈，到达坎达拉克沙。”然后普里什文穿过科拉半岛，访问了索洛维茨基群岛和西摩尔曼斯克群岛，并于 7 月初乘船返回阿尔汉格尔斯克。“在阿尔汉格尔斯克，”他写道，“我遇到了一位水手，他的故事让我着迷，我和他一起乘渔船横渡北冰洋。我和他一起乘渔船在卡宁角外游荡了两个星期，然后到达摩尔曼斯克。在这里，我在一个钓鱼营地安顿下来，开始在海洋中捕鱼。最后，我乘坐轮船从这里出发前往挪威，然后绕过斯堪的纳维亚半岛回家。”

普里什文访问了包括索洛维茨基在内的许多北方地区的修道院，在那里，他与朝圣者一起乘坐敞篷船航行。这段旅程激发了普里什文创作《跟随神奇的小圆面包》一书的灵感。在书中，普里什文生动地描绘了北方的自然风光。“在大自然中，没有任何地方像北方那样美丽。”普里什文也被强壮、勇敢、思想纯洁的劳动者征服了，他在关于北方的随笔中塑造了他们的形象。

在重读了许多关于森林的书籍后，普里什文梦想能看到一片没有被斧头砍伐过的纯净森林，在他心里称之为“贝林杰耶夫密林”。1935 年 5 月至 6 月，普里什文和他的儿子彼得·普里什文前往皮涅加地区寻找“贝林杰耶夫密林”，这次旅程持续了 19 天。普里什文说：“我无比渴望呼吸那种没有农奴制的残酷、只有人民生活的气息。在那里，在针叶林的荒野中，可能还保存着俄罗斯普通民众过去英雄时代的传说。”

在 62 岁的年纪，普里什文乘火车从莫斯科前往沃洛格达，然后乘轮船沿着沃洛格达河、苏霍纳河和北德维纳河到达上托伊马。在去苏霍纳河流域旅行期间，一位同伴向他讲述了一片有三百多年树龄的松树生长的神奇的森林，这进一步激发了普里什文寻找“贝林杰耶夫密林”的渴望。

随后，普里什文骑马克服了从上托伊马到皮涅加附近村庄这段路途的艰辛。在那里，他乘划艇沿着皮涅加河下到伊列沙河河口，然后乘一艘白杨木船沿着伊列沙河到达其支流科达河，再沿着科达河到达其上游。从这里出发，普里什文在向导的带领下步行穿过茂密的森林，找到了“贝林杰耶夫密林”——一片未被斧头砍伐过的森林。回到伊列沙河河口后，普里什文沿着皮涅加河来到皮涅加地区行政中心休息了两天，然后乘轮船前往阿尔汉格尔斯克。

得益于这次旅行，普里什文的笔下诞生了随笔集《贝林杰耶夫密林》（《北方森林》）和童话小说《造船木材林》。普里什文晚年一直在创作和修改这部《造船木材林》，直到1953 年 12 月，也就是他去世前一个月完成了这部小说。“那里的森林里有三百多年树龄的松树，树木一棵挨着另一棵，根本砍不倒！如果一棵树被砍断了，它就会靠在另一棵树上，而不会倒下。世界上居然有那么笔直、那么纯净的树木！”这就是普里什文笔下的那片神奇的森林。

《贝林杰耶夫密林》中的许多文章标题与皮涅加地区的地理名称相对应，如“伊列沙河”“拉维拉”“亚夫左拉”等。

普里什文的向导亚历山大·古宾的性格特征，在他的童话小说《船木松林》中以英雄马努伊拉的形象体现出来。多年后，亚历山大·古宾回忆普里什文时说："他是一个什么都要问清楚的老人——他欣赏所有的树木，他数树木的年轮。他会戴上放大镜，把森林里的一切都看得很清楚！我那时候是个年轻人，我听他的。现在没有这种人了！"

普里什文一生游历颇丰，但北方就像他的初恋一样，从未离开。他的作品的主题是人与自然的和谐相处，主要描写自然界的生活，歌唱与大自然紧密联系的人的创造性劳动。在长达半个世纪的文学创作中，普里什文虽亲历俄罗斯文学发展历程中批判现实主义的衰落、现代主义的崛起和社会主义现实主义的繁盛，却始终保持了个性化的艺术追求。他的创作不仅拓宽了俄罗斯现代散文的主题范围，而且为其奠定了一种原初意义上的风貌，他也由此被称为世界文学史上最具代表性的"大自然诗人与文人"。

米哈伊尔·米哈伊洛维奇·普里什文于 1954 年 1 月 16 日在莫斯科去世。

丹顶鹤的故乡

[俄] 米哈伊尔·米哈伊洛维奇·普里什文 著

王金玲 主编

冯宇 译

西苑出版社
XIYUAN PUBLISHING HOUSE
·北京·

如果正确地生活，

森林和人类都会善始善终。

目　录

之前莫斯科各种组织纷纷邀请我与他们共同筹备马克西姆·高尔基周年庆祝活动，如果我早知道今年春天来得晚，我当然就去莫斯科了，但现在春天的脚步越来越近了，我就更不可能出门了，而且我觉得，周年庆祝活动即使没有我还是可以照常举办的。多年以来，自然界已经习惯我参与其中，我不能缺席春天。我只好对各个组织说抱歉，并且给远在意大利的马克西姆·高尔基写了一封信，告诉他我不打算发表各种演讲，而是要写一本儿童文学书《丹顶鹤的故乡》送给他。我不想隐瞒，起这个名字的原因，除了我真的很喜欢丹顶鹤，也暗含了我对他的一个小调侃："天上的丹顶鹤不如手中的家雀。"我暗示自己与他有丹顶鹤之约，而他通过我的字里行间能看到我本人并不赞同这句谚语。我在信中写道："或许，这本书中的内容并不是专门写给儿童的，而是侧重于童年，侧重于我们创作的源泉，这本书就像古老的童话一样，把老人和孩子连接在一起。"我写的不是"某个国家里有一个豌豆国王"那样的童话故事，我取材的是一个大沼泽地——普通人无法到达也并不知道的丹顶鹤的故乡，我要让所有人了解这里。在这片丹顶鹤的故乡，主角将会是我的猎犬以及这片土地上所有的动物和植物。其中许多简短的小故事我已经写完并发表在儿童杂志和大众杂志上，我又根据物候规律对书中内容进行了更新。所有的故事开始于第一缕阳光、第一股春水，开始于大自然中万物苏醒的那一刻。

给高尔基写完信，我出去散了会步，回家后，完成了短篇小说《不知名的小鸟》，这应该就是《丹顶鹤的故乡》这本书的开头。

1. 不知名的小鸟

车队在前进。第一个男人突然停了下来。他后面的所有人也只好停了下来。

"你怎么了？"

"你们看！"

男人们特别想站起身活动活动腿儿，抽抽烟。他们看到被马蹄踩得呈棕红色的路面上有一群小鸟。一路上有黄色的蒿雀、黑领山雀、红腹灰雀、色彩斑斓的金翅雀、蓝翅松鸦，但是，这儿还从没见过这样的鸟，即使是仔细观察，一时也无法辨别出它们到底是什么鸟。

"这不是我们这儿的鸟！"男人们说道。

这时，从林子里传来了一只啄木鸟在春天常会发出的声音："笃笃笃！"

车队里有个人说道："听，鸟儿在树林里唱歌呢！"

抽完烟，男人们继续往前走，他们想很快就会看到水了。之后，他们回到家，就开始干春天里的第一份活儿——砍柴。这些木柴经过一夏天的晾晒之后，在冬天会烧得很旺。

就这样，男人们在春天里干第一份活儿时就想到了过冬的储备。

II. 沉默的阴谋

春天姗姗来迟，大自然中的一切都乱了套——快冻僵的白嘴鸦从田野里跑到人们的院子里寻求保护；正在褪毛的野兽们躺到潮湿的雪里，晚上的时候又被冻在雪地里，掉下了很多皮毛。所有这一切影响了我的写作，也扰乱了“丹顶鹤的故乡”。我本打算开始写野兽们，结果却写成了很久以前的某位老师。记得那时，学校里的苹果树开着花，而我们不得不全力准备考试。老师经常对我们说：“人不能受天气影响。”我们玩了整个夏天，秋天时我们很安静，我们的老师却每天都在为公立学校苦役般的工作而头疼。窗外十一月的雨淅淅沥沥。老师面色苍白、愁眉苦脸地坐在那里，他叫了一个学生回答问题，突然间他暴怒了起来，生气地给他打了一分，第二个学生也得了一分，然后是第三个学生。我觉得这不公平，眼看就要到我了，我灵机一动，指着窗外，说道：“保尔·瓦西里耶维奇，人不能受天气影响。”

早春时节，烦恼并没有因为年龄的增长而减少，它们从四面八方朝我袭来，而根据以往的经验我知道，只要你还在这个世上，受烦恼所困就是正常的。这次我被貌似好写的儿童文学书欺骗了，它让我在工作以外的时间都不得不坐在桌前，像个小学生画小人儿一样，而不像是在工作，而且就算我在写作，写出来的内容也不是我心中所想。杂志里的文章吸引着我。今天我在报纸上读到了一篇谈论作家的文章，我十分气愤，在笔记本上写下了自己的想法。

在我心中有一个喜好榜，在这里，文学一定是排在前十的位置上，且不是倒数。我的文学天赋，或者说才能，在这个榜单中，于我而言，和猎人、父亲、朋友的角色是一样的，并没有任何特殊性。在家人的眼中，我是一个作家，但也是一个有各种缺点的人。家人们对我的才能没有表现出任何惊讶，所有人都认为这件事很寻常，就和我在家里的身份是“丈夫”一样。而我与各种天才相比较也很普通。确实，与其他天才相比较，我的视野可能偏狭窄一些，对人们的影响也相对小一些，但我的脚跟牢牢地踩在地面上，我也像那些真正的天才一样努力向上。我会对用格律来衡量作家水平的某位愚蠢的读者或者评论家微笑，我也会再次与人大吵大闹。如果像 1920 年那样，文学专家委员会把我的作品评定为二等或者三等，我就会像马克西姆·高尔基那样，把分给我的东西分给大家；如果把我的作品评定为更高的等级，我就会像叶赛宁一样喝酒挥霍，也可能像列夫·托尔斯泰一样把分到的东西交给妻子。总之，我不承认这种等级的评定，我认为在现实创作中一切都是平等的。有时，我会思考：“为什么我的儿童短篇小说和关于猎人的短篇小说无法与托尔斯泰的作品相媲美？为什么我写的《古雷姆什卡》就不如他写的《童年》和《少年》呢？”但如果有人问我：“你能像果戈理一样吗？”那么身为作家的我，在这个名字面前就不知道该如何评定等级了。并不是说果戈理的水平高于托尔斯泰，而是就我自身才能特点而言，我与托尔斯泰更接近，对他更熟悉，可以以邻居或者亲人之间的方式去评价他。但果戈理理解世界的方式是我所不能企及的，所以我觉得我只是一个普通人，而他是神。我在自己的这份事业中站稳脚跟之前，我从来不自称作家或诗人，因为人们会对此指指点点，很多人默默地从事创作，而自诩已经取得了很高的成就，这样不太好，太自以为是了。我不喜欢空谈。如果必须要以文字方式介绍自己的职业，我会写自己是“文学家”，或者口头回答说：“我是写文章的。”现在，我听说，仅在莫斯科注册的作家和诗人就有一万五千人之多，数量庞大啊！为了让自己在比拼中有制胜法宝，更重要的是，能在莫斯科的宾馆里有像样一点儿的房间，我的护照上也被标记上了“作家”身份。实际上，我错了，莫斯科的众多作家和诗人并没有因为我是作家而注意到我。我必须以更为简单有效的方式去“战斗”，我在宾馆工作人员那里赢得了尊重，但他们并不是以“作家”来称呼我，门卫和经理礼貌地称呼我为“院士”。一切都变了！我对“作家”的陈旧观念与现实相去甚远，就像大家都认为书不是人写的，而是从天上掉下来的一样。

从专业层面上来讲，我现在仍然不敢称自己为“作家”，无论是口头还是书面，也从来没在任何地方，像现在许多人那样说“这是我的作品”。带着对造物主的认知，直到躺进棺材里，也许这对我来说是最至高无上的东西，我正在为之肃清道路，或者恰恰相反，它是每个生命体的创造者，它通过限制个体的生命来达到共同事业的目标。也可以把母鸡看成造物主，母鸡静静地坐在鸡蛋上，因为口渴和饥饿而精疲力竭，它清楚地知道自己伟大的职责。每个人都在创造生活，其中也包括作家，与母鸡相比没有太大区别：他也是坐在那里，为了实现某种目标。不同的是，人有更多的智慧，可以改变目标。母鸡只能孵出小鸡，而人可以孵出一切无论——是小鸡、小寒鸦，还是小鸭。

创作过程的本质就是用“我们”来替代“我”，连报社的记者都开始这样写：“清晨，我们坐上车，前往战场……”然而，车上只坐着他自己一个人。聪明的小说家用第三人称写作毫无困难。而对我来说，到现在还是很难从第一人称转到第三人称，最开始一定会感到消耗了大量的精力，然后渐渐地跟自己的“主人公”相融。在开始的时候，我多次向其他写作初学者请教，结果发现很多人都会出现这种情况，类似于处女的羞怯。直到今天，我还是不能毫无遗憾地从自己身上扯掉“主人公”的光环，但是，当我说“我”时，当然，这个“我”已经是创造出来的了，是“我们”。我从不为此感到羞愧，他的毛病不是我个人的毛病，他的美德对每个人来说都是有可能的。人、动物、植物和河流，我几乎已经看到了所有这一切的本质，在那里，他们的个体在消逝，而个性却是永不磨灭的——不是在一种机械的混沌中，而是与他人有节奏地联系在一起。我曾经认为，在写作时像我们这样的感觉是每个人固有的，因此学习写作并不困难，所有的新手都这么认为。很快，他们就遇到困难了。有才华的和诚实的那些人开始用自己的生命去践行，他们中的一些人最后成了真正的艺术家，甚至可以说是烈士，而那些逃避困难并安于已有模式的人，轻而易举地成了小说家。

我在读了文学报纸上一篇题为《沉默的阴谋》的文章后，在笔记本上写下了这些。这篇文章的作者指责作家们就像牧师一样，他们仿佛是约定好了，对创作的秘密保持沉默，以保持自己绝对凌驾于群众之上的能力。在这篇文章中，某些东西触及了我最后的底线，使我很难受。我想起了那个惊心动魄的时候，当时我不敢走进编辑部，把装有手稿的邮件投进邮箱，寄给马洛伊·奥赫德，然后战战兢兢地等待编辑部的回应。我选择写作这个职业，是为了不仰仗高官，也能勉强糊口。每一个否定的答复都是对我自身的否定，对我自由的否定，甚至是对我的一片面包的否定。这让我感到愤怒，之后我的世界就分裂了：一边是我和我的生存权利，另一边是站在我对面的阴谋家、牧师和无赖。就像所有的疼痛中都会有片刻的欢愉一样，在灵魂深处的疼痛稍微减轻一点的时候，我痴迷于虚构的创作，来掩饰自己的渺小。我母亲赋予我的健康血统阻止了我跳入涅瓦河，而第一次成功让我立刻清楚地看到自己已经“魔化”了的精神世界。终于有一天，儿童杂志《源泉》的编辑老阿尔梅丁根上校接受了我的小说，他珍视它、称赞它，而当我告诉他，这篇小说已经投遍了所有的出版社，它给我带来了很多的沮丧时，他说：“要为了自己的名声而战斗！”老上校说到“战斗”这个词的时候，声音洪亮，语气果断郑重，像在军队里一样。这让我激动得颤抖起来，并愉快地回答道：“是，上校先生，我会去战斗！”当然，我现在终于明白，为什么那时“战斗”这个词震撼了我，让我斗志满满，最终改变了我的命运。阿尔梅丁根穿着军装，是一名真正的上校，当时，他正翻看着一本儿童杂志的手稿，这一切给我留下了深刻的印象——军人的力量会奇迹般地变成对孩子们充满爱的话语。我的脑海中突然闪过我可以“战斗”的想法，这激发了我用天赋的潜在力量来对抗一个萎靡的、无为的“地下组织”。当我离开办公室的时候，我对自己说：“去战斗吧，去战斗吧！”这次经历让我爱上了比我和我的敌人更强大的语言的艺术。

目前为止，就算我已经发表了一些作品，但我的文学生涯中还未出现过任何一个里程碑式的节点。我始终觉得，我并没有任何天赋，我所得到的一切都源于我对自由的追求和我的勤奋。出国留学之后，在我看来，对游手好闲的人来说，俄罗斯是一个再完美不过的国家，在这个充满不切实际的幻想和懒惰的国家里，你只需要像德国人那样努力工作五年，铁定就会取得一定的地位。让事情变得复杂的是我个人不同寻常的自由意识。语言的艺术赋予了我这种自由，同时也让我产生了一种错觉，让我认为我个人的行为能够很快地对所有人都产生好的影响。我的每一部作品，我都认为是可以开启读者自由之门的一把钥匙。当然，这些想法都太过天真，同时，我也不是傻子：青春不仅存在于实际的肉体中，也存在于文学中，所以，哪怕是年过半百也请紧握手中的羽毛笔。或许，这种实际生活中的语言活动速度上的偏差来自文学创作的压力。随着时光流逝，当获得的名声像海报一样，或像重获自由的奴隶的个人契约一样张贴在外面时，那些生活的奴隶们就会说：“这对你来说很好，对你和你的名声来讲，所有的道路都是通的，你就是一个献身于文学的人！”也许，我把所有注意力都集中在文学上是错的。去年秋天，在我居住的村庄里，蜗牛开始大量啃食秋播作物的幼苗。这是一场灾难，找遍全村就只有两个喷雾器和一点点硫酸铜。农业专家们专心致力于对蜗牛的研究。农民们一边斥责苏维埃政府，一边祈祷上帝，一边又期盼着什么。也正是在这段时间里，一位农民带着全家人，夜以继日地爬遍了自家田地，亲自徒手抓蜗牛。没有等来硫酸铜，村庄里所有人的黑麦都死了，只有这一户的黑麦长成了。

可是置身于一群饥饿的人中，那个唯一有粮食的人未必能过得安生。而且，可能不止一个村妇会阴阳怪气地说：“他倒是挺好，他什么都知道。”同时，他在地里干的活是所有人都有目共睹的。那么展现在读者眼前的书，难道不也是作者所耕耘的土地吗？

这就是为什么《沉默的阴谋》这篇文章如此地打动我：曾几何时，我也有同样的心理，就像他们的心理一样。而我，就像掩饰自己的耻辱一样将它隐藏起来。现在我又重新认清了自己，就像一个人从历经沧桑的猿猴的脸上认出了自己的脸一样。

III. 万卡和布希卡

《消息报》曾经刊登过我的一篇题为《山羊奶》的小品文，文内的逻辑有些混乱。虽然目前我对这篇文章仍然不是很满意，并且我能够对文章中的内容进行更清晰扼要的论述，但是，这篇作品对我来说却又如早春般意义重大，尤其是在我变得敏感到几乎病态的时候。它极大地影响了我日后的工作，因此，我必须提一下它。以下就是这篇文章，我做了小小的删节和修改。

在这个文学季，我收到了一些来自不同青年团体的邀请，他们请我读一读自己的作品，然后讲解一下小说的创作技巧。我没有多想，竭尽所能地满足这些要求。每次阅读和讲解，虽然很成功，但是我还是感到羞愧。的确，这些青年中有教师，还有文学界的专家，其中有些人修改过普希金、果戈理、陀思妥耶夫斯基等文豪的原著手稿。我比他们知道的要少得多，却又不得不在他们面前行教诲之事。

写作是一回事，教学又是另一回事。每一次邀约都让我觉得羞愧。我便开始拒绝这种演讲，但是报纸和杂志类似的邀请又开始了。最后，我甚至收到了一份关于我文学创作秘密的问卷调查表，上面写着："请揭开你创作的秘密吧！"

填这份问卷调查表时让我想起在谢尔盖耶夫郊外的一次春游。当时我沿着蜿蜒的河岸走着，想要找到通往潺潺流淌的春水对岸的小路。但我一直没有找到小路，就在我想要放弃的时候，我发现自己竟然已经走到了河的对岸。

当然我很惊讶，我想知道自己到底是从哪里、怎么走到河对岸的。好在河岸边还覆盖着积雪，积雪上留着我清晰的脚印，通过这些脚印很快就能揭开这个谜团。在河面上冰层最薄的一处地方留下了我的脚印，冰层上覆盖着厚厚的积雪。这个地方就在很高的两侧河岸之间，下面流淌着湍急的河水。要是我不小心跌下去了，不是摔断胳膊就是摔断腿，甚至很有可能一命呜呼。当然，回来时我不敢原路返回了，而是绕了很大的一个圈，走回了对岸。给我发来问卷的那位好奇的调查员，让我告诉你一个关于创作的至关重要的秘密，我摸着良心真诚地告诉你：对生活的强烈渴望会让我们忘记了自己在冒险——这就是创作的力量。

问卷调查表里的第二个问题同样让我感到很奇怪，以至于我都怀疑自己是不是掉到了别的星球上。读到这个问题的时候，我甚至不敢相信自己的眼睛，不断地问自己：我现在在哪儿？

这个问题是：

“一个作家应该有多高的文化水平？”

幸运的是，最近几个月我没有偷懒，一直勤奋地阅读报纸。得益于此，我才能理解这个莫名其妙的问题，它是来自马克西姆·高尔基的一篇关于识字的好处的讽刺文章的标题。如果高尔基从反面表达自己的讥讽，写一篇关于识字的坏处的文章，那么问卷调查表中的问题可能会变成：“识字给您带来了什么坏处？”

第三个问题：“您为什么要写最近的一篇短篇小说？怎么写成的？您是从哪里搜集的素材？”

这个问题让我不再犹豫，我决定揭开最近写的一篇儿童小说的背后故事。主要的问题是，小说还没有出版，甚至还没有写完。即使如此，我也总想谈谈它，还想用朗读的方式检查一下：要知道，儿童小说，根据我的理解，应该精巧，老少咸宜，像童话故事一样；真正的儿童小说，不是“在某个国家里有一个豌豆国王”一样的童话故事，而是兼有时间和空间概念的童话故事。给孩子们写故事是最难的，这就是为什么我总想谈谈它，总想让别人也参与到创作中来。总之，我利用一切条件去创作这篇小说。

我从看似不相关的地方开始创作，也就是要从我对运动不间断的热情说起。

任何运动都有它的意义，因为兴趣是人的老师。我喜欢的运动是狩猎，我喜欢的事是用语言描绘，我把这件事变成了运动，所以对我来说这就是在捕捉词汇。

二十年的打猎和捕捉词汇让我明白，捕捉词汇同狩猎田鹬和大鹬完全一样。优秀的猎人寻找的并不是小鸟，而是小鸟生活的地方。根据千万个隐蔽的信息，他判断说：“就是这儿。”于是，放出猎犬，要捕的小鸟正好在那里。就像长鼻子的大鹬，因为它生活在沼泽里，没有沼泽就没有大鹬。词汇也是在人与人的交流过程中产生的，需要从内心深处去倾听词汇，想到这个词汇的同时能想起当时说这个词汇的人。而在许多次捕捉词汇之后，最终发现，没有必要远行，因为自己本身就有与其他人一样的取之不尽的词源。

同样的情况也存在于音乐中吗？我首先是听，然后是像上楼梯一样不断地琢磨意思。这次也是一样，我首先只是单纯地听。我发现，要想让事情科学地发展，首先要确定日期。小说是在四月问世。我和妻子去参观了一个私人博物馆。除了对艺术感兴趣，我们还要就经济问题咨询一下阿芙多蒂亚·塔拉索夫娜——教授的妻子，她是一位上了岁数的女人，仿佛无所不知。我一个问题接一个问题地和教授交谈，我的妻子跟教授的妻子一边喝着茶，一边聊着澡堂和山羊。渐渐地，我被教授的妻子塔拉索夫娜的话吸引了，我想：“她所说的话跟我写出最好的作品丝毫不差，她的话就是我写作的范例。”同时，我还想起，教授的妻子塔拉索夫娜是叶列茨人，而我本人也是叶列茨人。生平第一次，我如此清晰地意识到，我的文学创作源自我的故土……

“不好意思，”我对教授说，“我对她们的谈话特别感兴趣……”

于是我们也坐下来喝起茶。

“亲爱的，”塔拉索夫娜说，“养山羊吧，它们太聪明了！想想看，在饥荒的时候，它们知道人给不了它们什么吃的，于是它们自己去林子里，晚上的时候在草地上吃草，早上的时候就已经吃饱了。”

“那它们不怕狼吗？”我的妻子问道。

“什么狼？没等狼出现，我们就把它们给吃了。亲爱的，养山羊吧！”

“不，阿芙多蒂亚·塔拉索夫娜，我们不能养，这里是猎区，在我们院子里有七条狗。”

“哎，你们啊，我看出来了，一点也不了解羊的习性，羊跟狗自古以来就是好朋友。”

塔拉索夫娜开始讲述她的山羊万卡。

“为什么叫万卡呢？”我问道。

“因为它的大名是伊万王子。”

“它的大名为什么是伊万王子呢？”

“因为它既聪明又能产羊奶。”塔拉索夫娜回答道。

妻子笑了，说了一句谚语：“在公羊身边等羊奶。”

“这句谚语不适合，”塔拉索夫娜说，“我们这座城市里所有的好山羊都是万卡生的，您要是听到有人说‘我的母山羊奶水真多啊’，您会问‘这头母山羊是从哪儿来的’，大家就会告诉您‘是万卡生的’。万卡是我们这儿最优秀的种羊。全城的人都喝过它配种之后生下的母山羊产的羊奶。”

随后，塔拉索夫娜又开始说起万卡和布希卡的友谊，布希卡是她的护院狗。

每逢周日，塔拉索夫娜楼上的房客们都会跟朋友出去吃饭。布希卡也会跟他们一起去，吃完以后就出去，等到房客们都吃完后，布希卡也会找到他们，跟他们一起回家。这一次房客们还是一如往常那样出门，布希卡紧随其后。当他们过马路时，往后一看，布希卡后面还跟着万卡。房客们顿时呵斥起来：“你这蠢东西，赶紧滚回家去！”万卡站在那里，无动于衷。紧接着他们便向它跑过去，而它一个转身沿着马路走开了，但不是回家的方向。房客们想了想，它可能溜达一会儿就回去了。于是他们就带着布希卡一起去吃午饭。过了一会儿，塔拉索夫娜出来找万卡，她焦急地四处寻找，但都没有找到。随后，她便沿着马路寻找起来。面包师看到过万卡，他说：“它去火车站那儿了。”卖报的说：“它去铁路工人合作社那儿了。”这是塔拉索夫娜经常带万卡走的路线：先是沿着马路去火车站买报纸，随后去合作社买食物，最后再到执行委员会给教授领养老金。在合作社又有人说：“它在广场上停留了一会儿，然后又走了。”广场上，又有熟人说：“它就站在列宁纪念碑旁边。”而在列宁纪念碑附近又有人说：“它去执行委员会了。”天色渐渐暗了下来，塔拉索夫娜仍寻无所获，便拖着疲惫的身躯回家了。刚回到家中，塔拉索夫娜就看到布希卡跟着房客们回来了。当然，她给他们哭诉了自己的伤心事儿，而房客们告诉她，他们去吃饭时万卡一直跟着他们，但他们把它赶走了……

“你们为什么要赶走它呢？”塔拉索夫娜大喊道，“难道你们懒得抓着它的胡子[1]，把它送回家吗？”

就这样他们你一言我一语地吵了起来。而就在房客们和女主

---

1 （山羊、火鸡、松鸡等脖子下面和前胸上的）长毛。——译者注

人争吵不休的时候，布希卡闻遍了整个院子、棚子，还下到了地下室，到处都没有山羊的影子，布希卡就悄悄地在争吵中走到了街上，沿着马路走到了火车站、合作社、执行委员会……

“你们还想不想在我这儿住了？”塔拉索夫娜怒冲冲地吼道，“把门给我顺手关上，否则就……”

就在要喊出“滚出去”这句话的时候，她看到布希卡沿着马路的一侧跑了回来，而万卡就跟在它的身后，它们就这么快地跑了回来！

塔拉索夫娜还没来得及说出伤人的话，布希卡就带着山羊回来了，这使所有人都和解了。

山羊奶

不知道你们怎么认为，我非常喜欢这个故事，在我看来，它是最好的儿童故事之一，它虽然简单易懂，但不亚于任何一个优雅的故事。

这个故事就是《任何山羊都不带坚果，也不带日历》[1]。当然，我也会稍做加工，比如，在广场的纪念碑附近加上一个场景：山羊跳了起来，男人们看着它，说道：“结婚去吧，你这个混蛋！”

现在回到教育这个话题上来。塔拉索夫娜（顺便说一下，全城人都知道她的绰号，叫“山羊妈妈”），这位山羊妈妈操着叶列

1　俄罗斯的一篇民间故事。——译者注

茨[1]口音，用她那老百姓的智慧，讲述了这个故事，这个故事就是她的奶水。但是如果没有我，这个故事就无法问世：讲出来是一回事，而写出来是另一回事。我已经说过这个故事给我带来了什么，我总是在脑海中思考："一个真实的故事，是发生在一定时间和空间中的童话。"就像这只山羊得到了伊万王子的名字一样，我得到的奖励就是"智慧和山羊奶"。

但是，请问，怎么才能学会这种智慧呢？引导人们以一种合理的方式走向危险的创作之路是可能的，但是揭示创作的技巧、教授这项技能是不可能的。向一位作家询问他创作的秘密，在我看来，就和向公山羊索取山羊奶是一样的。公山羊的责任是爱母山羊，而母山羊的责任是产奶。同理，关于创作，应该去问生活，需要自己亲身体会，而不是去询问热爱生活的艺术家："有什么办法能让我也爱上生活呢？"

另外，还有许多来信询问："遗忘意味着什么？"

1　叶列茨，俄罗斯西南部利佩茨克州的城市。——译者注

IV. 多余的想法

在战争爆发前，我的书发行量很小，三千本书卖了两年才卖完。我并没有过多的期待，我是这么考虑的："如果作家'N'有十个读者，而我只有一个，那么我的一个读者就顶他的十个。"现在我在《消息报》上突然冒出来百万个读者，并且是在一天之内冒出了这么多！铺天盖地的信件朝我袭来，这里面有友善的，有想令我难堪的，还有责骂我的。我被这些信件砸得晕头转向，时而觉得我仿佛让人们看清了什么是创作，时而又觉得是自己写了蠢话才会遭到这般侮辱。只有一点毋庸置疑，对创作感兴趣的，不仅仅只有作家，所有人都热切渴望着蜕变和清醒。最让我感到难为情的是竟然有一些读者因为"忘却"一词而写信指责我。他们在信中写道："在我们这个时代，应号召那些愚昧群众'觉醒'，而您却建议'忘却'。"

我一边想要逃离《丹顶鹤的故乡》，一边又想要弄清楚，我在建议青年作家们去爱、去忘却时，到底想表达什么。不，我绝不是平白无故这样说的。这是我在每天的步枪射击训练中切实感受到的。

任何一个体育爱好者都知道，所有多余的想法，或者说所有那些对于实现目标没有任何价值的胡思乱想，都只存在于刚开始的时候，随后，这些多余的想法就会慢慢消失，最后只留下最必要的。就像在步枪射击的时候，最初，我的脑海总是被这些多余的想法占据，因为我是一个非常细腻的观察者，我总是忙于分析自己的感受，并将它们分门别类。但是当我一旦确立了目标，手里握着步枪，左肘紧贴心脏，右肩扛起枪托，眼睛盯住瞄准镜中的红点时，我全部的意识就都从大脑转移到眼睛，这时，我只能感受到眼睛在工作，而服务于眼睛的大脑和整个身体我都感受不到了。当目标锁定后，眼睛的工作就算完成了，意识逐渐从眼睛转移到扣动扳机的食指上。在这最关键时刻，为了避免因心跳而引起的身体晃动，射手甚至需要屏住呼吸。食指按动扳机的时候不能太快，否则步枪会晃动，造成射击不准，需要慢慢地扣紧扳机，就像一个潜伏者，只有等到最完美的时机，才能完成决定成败的一跃。一个优秀的步枪射手根本不需要等待射击结果，在他射出子弹的那一瞬间，他就已经明白，中了，子弹正中靶心。此时，食指上疲惫不堪的各个部位又兴奋地回到自己的位置上，大脑也开始沸腾起来。

有一天，我因一次完美的射击变得异常兴奋，因此允许周围所有的乡村小伙伴都可以进行射击。我很难想象还有什么其他东西能像射击一样，可以给人们带来如此巨大的欢乐。我猜测射击的魅力在于，它让每个人都有展示自己天分的机会，而且，在这个过程中，还伴随着雷电般的冲击力。我甚至还想到列宁的天分或许就是这么来的，就如同射击的逻辑一样，步枪不是我造的，子弹也不是我造的，而是人民造的，还有其他一切，包括腿的姿势，手肘紧贴心脏，屏住呼吸，用眼睛测量距离……所有的这一切都是我从别人那里学来的，不是我自己想出来的，就只有最后用食指扣动扳机的那一下，是我自己的。经过漫长的准备之后，在最后一刻完成射击；列宁也是在整个民族经过长期而又艰难地“瞄准”沙皇政府之后，一举击中目标，因此他被公认为天才。

随着射击的普及，每个人都有了展示自己天分的机会，那么大家能比较的也就只剩下对获得自己相片的渴望了。在农村，每一家的房子里都摆放着家庭成员的肖像照，他们正襟危坐，姿态和表情略显怪异。当然，人们想要拍照是因为想要通过拍照来展示自己的个性。但是，照片上的形象并不取决于他是否是天才，也不取决于他本人，而取决于支付给摄影师的报酬是多少。因此，对于那些不懂如何摆出艺术造型的普通人来说，最终照片上的形象，并不是其优点的完美展示，而是其缺点的暴露无遗。而射击正与之相反，只有那些有天赋的射手才能完成完美的射击。我仔细观察过那些成功击中靶心的家伙，他们没有一个立刻冲向靶子，狂傲地大喊大叫：“这就是我，这就是我！”相反，每个成功的射手都表现得更为谦逊，可能是因为他想在这个社会上保持自己已经获得的优秀射手的地位，并且极力表现出淡定从容的样子。

全世界都在注视着那些某种程度上已经在文学界小有成就的人，当然，文学创作是不设限的，它和射击圈不同，那些热切渴望了解自己天分的人变得越来越多，无穷无尽。但文学创作的逻辑和射击一样，作家在完成作品前，首先要清除掉脑海中所有的想法，将自己全部的注意力放在握紧笔杆的食指上，只有这样才能使写出的作品完美呈现出作家的个性，连同整个漫长的酝酿过程。

你只需看看靶场上的射手们，看看他们的表现，一切就都清晰明了了。就像在某些有声望的出版社，编辑部要从数百个投稿人中选出一个佼佼者。而那些因被拒稿而感到受辱、不被认可的天才，有时会变成可怕的类人猿，怒气冲冲地冲到编辑部殴打编辑，有的甚至会因为想不开，掏出左轮手枪射向自己。最初的失败对于有些人来说简直是致命的打击，而对于另一些人来说，失败却刚好变成了一种动力，能够激发出他们潜在的力量，从而进行更好的创作。

村里那些成功射手的脸是多么可爱啊！有一个年轻小伙正弯着腰，仿佛在寻找那枚从步枪里蹦出的空弹壳，留作这次成功射击的纪念。真想去亲吻他的脸颊啊！在我们文艺界，有些成功的作家仅仅能在初次取得成功的一瞬间感受得到快乐，再后来不过是在自己这唯一一次“成功射出的空弹壳”上维持一种作家应有的虚假形象罢了。只有少数人明白，在取得初次成功之时，就需要具备坚定的意志，只有这样才能够在新位置上成功地主宰自己的一切。

我进入文坛的时间较晚，那时的我已不再年轻，对名利或某种社会地位已经没有了迫切需求。但对于我这么一个因为某种缘故而较晚开始写作的作家来说，有一种比自尊更强烈、更深刻的东西阻碍我前进的步伐。就像有一些老姑娘，一旦过了无忧无虑的年龄，脑中就会形成一种固化思维，认为如果将自己变成一种盲目的、病态的生孩子的工具是非常不划算的。较晚开始写作的作家也是这样，脑子会被一种思维定式所控制，会阻碍他成功。他会思考很多，会倾听那些固化思维传出的低语：从事文字创作确实是危险的、可怕的、不赚钱的，但是就像从事一门手艺一样，仅仅为了赚钱，亦是无趣的。

虽然我入行较晚，但在文学创作这条道路上我还算小有天赋。然而，往往是时代选择某个人，并让他成为一个明世之人。我开始于一个契诃夫小说中的主人公“多余人”盛行的时代。这个时代不乏思想活跃的人，艺术家们的思想百花齐放。我注定也陷入了对道德与行为的无力思考中。但是，幸运的是，我只是一名平凡的空谈家，成功地和这个时代的印记失之交臂。我把模糊的教条误认作明确的方法，用别人的观点证明了通过世界性灾难可以消除幻想，从而走向理性世界。但这不是因为我本人，而是时代造就了一批像我这样的人，来与契诃夫的道德说教相抗衡。假如我是一个革命者，那么我的妻子，在我看来，也应该是一个革命者；假如我是一个化学家，那么我的妻子，在我看来，也应该是一个化学家。我绝不可能跟一个芭蕾舞演员结婚。而艺术，对于我来说就像是芭蕾舞演员。曾几何时，我背着我的朋友们悄悄地去了趟博物馆，这对于我来说，几乎可以称之为罪恶。因为在我们的圈子里，我们一直说“存在决定意识”，而我们的生活却是反其道而行之：我们的理想和理性吞噬了我们所有的存在。当圈子崩了之后，每个人都需要独立面对血淋淋的现实，有的人自杀，有的人在西伯利亚销声匿迹，有的人变成了生活中的多余人，还有的人宣称革命本身就是行为个体的多余想法。

我之所以能够摆脱困境，不是因为承认革命是多余的，而是因为承认自己是多余的。我并没有与契诃夫的主人公们为伍，而是投入到了诗歌的浪潮中，在这里，人和兽之间并没有本质上的区别。长久埋藏在我体内的猎奇心理将我带到了那里。在那里，我很快就不能警告人们，或者对他们行使法官的权力。在那里，在大自然中，我找到了困扰我多时的谜题的答案，这答案时而清晰，时而模糊。我把这些发现写了下来，就像是在描写一个伟大发明一样，并且还将自己标榜为一名冷漠的作家，简单来说，是一名记述者，或者选用最近才流行起来的说法——随笔作家。

处在一个这么艰难的境地，我注定要被阻拦在光明大道之外，所以，我就如同一只来自遥远世界的蝼蚁，与其他所有的野兽、家禽和宠物以及各种昆虫并肩通行，顽强地爬向意识的王国。在大革命和一些特殊的经历之后，我逐渐放下了一些羞耻心，并且像一位真正的作家一样，开始尝试写小说《恶老头的锁链》，在小说里面和朋友们一起探讨有关“人”的话题。

作家的心理可能都是这样的，总是无法满足于已经做过的事，所有过去了的，都不再是自己的，而且似乎也并不是那么完美。人们对完全满足的追求，就如同期盼自己可以得到善终一样，不到最后一刻，就不可能实现。因此在你没有结束生命，还尚在人世的时候，你怎么会对昨天满意呢？你一定期待着前方还有更好的！

但是在这条路上，对于我来说始终不变的一点就是：当我离语言简洁越来越近的时候，我却感觉，这做起来并没有那么容易。

我认为，我追求语言简洁的主要动机来源于自己对空洞而富含欺骗性的文学创作的恐惧。就好比，你买了一头牛，把它放在院子里，这是一个客观事实。而我写书，并通过卖书得到了可以买牛的钱，但不知为何，我总是怀疑书的客观存在性，不管报纸上洋溢着多少对它的赞美之词。于是，我努力地简化句子，压缩词语，使语言变得言简意赅却不失爆炸性。我们这些小说家，从《叶甫盖尼·奥涅金》的作者开始，都有一个癖好，就是喜欢一边写小说，一边嘲笑自己的小说，就像嘲笑幻觉一样。或许，这对于他们来说只是一个写作技巧，目的是为了让小说中虚构的故事情节更有欺骗性。但是，我大概知道，这种技巧与其他任何真正的艺术创作手法一样，是无意识的，他们其实是真的相信了自己所描绘的世界。我领悟到，在我们这个社会，从上到下被一致认为是好东西的“简洁”之下掩盖了很多东西。有些非常伟大的作家认为，对“语言至简”艺术追求的结果就是与艺术分离，在他们眼中，语言艺术就是废话、空话，是用来诱惑读者的。有些作家在语言创作过程中甚至会神化自己的形象，就像普通民众将人进行神化一样。我强烈怀疑布洛克的长诗《十二个》中优雅、轻盈、饰以玫瑰的基督的形象，就是被神化了的布洛克自己，一个虚幻的无产阶级领袖。

在我的理解中，任何一部优秀的诗歌和散文都应该富有节奏韵律，这是我们为之着迷的关键。在我们文学艺术中也不乏这种写作手法的作家，他们在创作时会保留自我，其作品就像是某种自然力，仿佛可以掌控生命法则，乃至万事万物的运行规律。我认为普希金就是这样的作家。

还有其他形式的文学作品，如比较轻松的，旨在“休息和娱乐”的文学作品；比较难懂一些的具有教育意义的文学作品，这就是虚幻文学。这两种文学作品的起源我都非常了解。无论是哪种，作家都需要自我约束，但彼此间又有所不同。有一种自我约束是指作家在进行新形式创作的时候，应该选择性地保留个性，并坚信自己保留下来的个性即便不是现在，在未来也会适用于很多人。这样，即使在抛弃部分自我时会感到很痛苦，但痛苦感逐渐会被快乐代替。

我认为，如果所有自然力，比如热能，与生命力一样，都有自己的、类似人类的介质，那么在热能转化为光的过程中，这些有温度的人就会失去自己的温度，从而失去幸福，但是，在他们将热能转换成光的时候，保存了自己最初火焰的所有力量。而另一种自我约束，是将包括性别和情欲的所有自我全部抹杀，个性中仅剩无形体的、毫无生命创作力的幽灵。

复杂根源于生活物资的匮乏，就像挥霍无度和酗酒都源于软弱。有趣的东西总是转瞬即逝，这不难理解。神秘不是复杂，而是简单，只不过将语言的力量隐藏起来而已。在文学创作中有一种非常可怕的形式，那就是自我否定，它用教条来断言自己一无是处，并遵循这种教条行事。很久以前，有一个成年人在和朋友一起玩的时候用枕头闷住了幼小的我，差点没把我闷死。从此，这个枕头成了我一生的噩梦。因此，一方面，我非常害怕每一位老师，另一方面，我一直很担心自己的枕头也会闷死某个人，虽然它的力量微不足道。我之所以追求语言简洁，最主要是因为我想从这些多余的想法中逃离出来。但这真的好难，以至于无论我在哪里教书，也只能勉强过活。但是令我欣慰的是，在我所有描写狗，描写各种野兽，总之描写“非人类”的文章当中，我发现了通往自由创作的道路，并且，在这条道路上，我的信念逐渐建立了起来。

所以，我可以坚定地说，一切事物皆可用来创作，这不是因为世间万物都无关紧要，只要是语言大师，那么他就能从任何微小的事物中创作出好的作品。任何事物都很重要，所有的一切都应该被描写。我还知道，每个大师都有“未婚妻”，如果和所描写的事物没有这层亲密关系，是不可能成为大师的。而且我也知道，进行文学创作时应该跳出自我，在自我之外，忘记一切多余的想法，直至当你想写“我”的时候，你写出的是一个完整的“我”，也就是“我们”。

今天这些关于“自我”的想法把我弄得头昏脑涨，我去了森林，想要在那里多走走，期待出现一些特别的想法。但就像射击一样，在这漫长的步行中，我只是在第一个小时里会胡思乱想，随着我的身体慢慢变热，大脑和身体里的其他部位都恢复到了工作状态，我想的不是“我”，而是森林。回家以后，我在笔记本上写下：

森林与人

关于森林，有多少赞美之词啊！那里有野果和蘑菇，鸟儿在歌唱，在天气炎热的时候，还可以躺在舒服的树荫下乘凉。谁会想到树木本身在森林里生活得怎么样呢？在一片空地上，只有几棵稀稀落落的树，这些树是从之前的森林中留下来的，它们被百年的阳光之争尽毁。所有人都明白，一棵与世隔绝的、独自丑陋的树在森林里的生活是多么艰难。在空地上沉思的那一刻，我感到很不自在，甚至想改掉在森林里溜达的怪癖，只去公园和花园散步就好了，那里的每棵树都可以享受到阳光带来的幸福和满足。

所以，如果有人赞美这个世界上的人，就像赞美改革者，赞美他的国家、科技、艺术、技术，那么我觉得，他们已经在阳光之争中远离了人本身的生活，就像那些在森林里的树荫下避暑的人一样。

但是，不管那些避暑的人对森林的赞美多么肤浅，也不管人类进步给自己带来的满足感有多么空虚、多么残酷，当一颗尤为关注个体生命的心成为理智的独裁者时，它也会是无果和无望的，因为一颗备受煎熬的心根本看不到一棵树后面的森林，尽管在那里，仍有树木在长成桅杆。

不，无论是在大脑里，还是在心里，在一个创作者还未能正确评估自己之前，他都不会从调和交战方这种伟大事业中获得满足感。那么，在为自己和为所有人争取幸福和光明的斗争中，他会像抛弃多余的想法一样，将未来不可避免的死亡也抛之脑后，且像一个不死人一样活着。

V. 创作曲折路

大清早，在喝过第一杯早茶，还没开始喝第二杯之前，我一根接着一根地抽着烟，随手打开记事本，本子上记有我以前做过的怪梦、揣摩十年前甚至更早之前别人对我说过的话，还有生活上的一些琐事，诸如：茶叶喝光了，今天要记得买；家里哪只狗开始发情了；在变天前，我驯养的那只叫“杰连吉”的黑琴鸡会在阁楼上咕咕叫；还有一些关于儿子们的事儿和各种各样的社会事件等之类的东西。而今天，我终于在这个本子上记下了我人生中重要的事——我写的《恶老头的锁链》的第二卷终于完成，就要出版了！这本书主要讲的是阿尔帕托夫的爱情故事，用隐晦的手法描写了主人公经历了初恋之后回归大自然，创作的灵感才思如泉涌。擅长在短篇小说里字斟句酌的我一直无法企及一部气贯长虹的长篇小说，但是，凭借多年对长篇小说的酝酿思考，终于开了窍儿。虽然过程很艰难，但最终我还是完成了。完成这部小说之后，我有种像坐了多年大牢，刑满释放前几天对自由渴望的感觉，而被放出来后，竟然有些迷茫，甚至还有些不知所措。老实讲，我的这部作品还有后续，五年前就曾在这个本子上记着：《恶老头的锁链》的第三卷应该写的是阿尔帕托夫的创作经历，我把他塑造成为一名泥煤工程师，之后去沼泽地清理某条支流，疏通沼泽湖，为人们展示一片被遗忘的、只在传说中才出现的金色草地。小说中的情节都源于我的生活经历，但是被记录的情节却不知不觉地对我产生了影响，正是这些情节让我去了泥煤加工场，就是我以前在《工人日报》上提到过的那个加工场，也正是这些情节让我近几年的夏天都住在沼泽湖附近的杜布纳湿地。我一直在揣摩这部作品里的一些情节描写，因为情节中的某些场景和我生活中的经历竟然出奇地相似。可是，要写一部长篇小说谈何容易，甚至我自己都开始麻醉自己：就算这部长篇小说的“爱情”理念是创作的核心吧，要不这部爱情长篇小说的第二卷也就写到这里算了。我的一个朋友读过这本书的手稿后，给我写了一封信，信中满是对这本书的赞誉之词（“不是出于友情我才去赞美，而是从一个文学史家的角度”），还催促我赶紧写完描写阿尔帕托夫的这本书。还有一位文学评论家，他在《消息报》上读过我的小品文《山羊奶》，他也力荐我写完关于阿尔帕托夫作品的书。虽然他说的话对我来说不是很有说服力，但他说这本书会大卖。

来自各方的不谋而合，都希望我继续创作，这也让我开始构思《丹顶鹤的故乡》这部作品，小说适合五岁以上的所有读者。《丹顶鹤的故乡》完全可以写成一部长篇小说。虽然丹顶鹤栖息在泥泞的沼泽地里，但当它们越冬迁徙时，所到之处都很受欢迎。即使丹顶鹤的家园泥泞，我们古老的俄罗斯，却将多少创作的蓝图以艺术的形式献给了全世界！很多人都戏谑地说：“天上的丹顶鹤不如手中的家雀。”说这话的人得多没谱，难道你们手中真的有山雀？难道我开始着手写一部长篇小说之后，就不能往里面增加新作品，或者写一本儿童故事书吗？《堂吉诃德》里面也插入了许多与小说情节无关的短篇小说。所有零散的内容都可以整合到一起，之后再形成脉络，以间接的形式描写阿尔帕托夫回归自然中的生活，其实更不容易。从众所周知的托尔斯泰、莱蒙托夫、冈察洛夫到契诃夫，每位作家都深谙此道：生活在城市的主人公莱文或毕巧林，遇到一位没文化的漂亮女人，主动与之相识，后来主人公抛弃女人后回到了城市，这些都不重要，但这种细小的行为在文中内部某种程度上是合理的。这些小说的重点都是意识与存在分裂的必然结果，意识要么以混乱的角色出现，要么以粗俗的、官员式的、餐厅式的角色出现，而存在则以善良的马克西姆·马克西莫维奇或英俊的、没有灵魂的叶罗什卡叔叔纯洁的心灵向现实发出了一声叹息。令我惊讶的是，列夫·托尔斯泰竟也深谙这种循规蹈矩的写作模式，在这方面，他并没比其他人高明很多。但是，如果把存在和意识这一矛盾点在关于阿尔帕托夫的作品中结合起来，而且将叶罗什卡完全包含在阿尔帕托夫这个工程师的创造性人格中，并表明意识本身受到存在的滋养，在创造性的节奏中与之融合，那会怎么样呢？

关于阿尔帕托夫与没文化的漂亮女人或乡村女孩的遭遇，在写完两本关于主人公的童年和初恋的书后，这个问题就迎刃而解了。但关于金色草地的创作就需要深思熟虑，甚至在创作初期，也会遇到棘手的问题，即如何写一部真实的、关于重建金色草地的、关于心理层面的、几乎是历史性的小说呢？假设在第一次革命之前那个时代，当阿尔帕托夫必须开始他的沼泽工作，所有的金色草地都已被地主占据，而且一切都是如此安排的，那么农民在金色草地的生活比在沼泽地上的生活要糟糕得多。我的理智一直在拒绝设计一个故事，是的，也许仅仅靠理智是不够的，但我并不害怕陷入良心不安的境地或是在低俗生活中搜寻着灵感。

在所有创造力的宿敌中，首要的是诉求，还有一个更大的敌人削弱了意志，那就是对诉求、模式和平庸的恐惧。我翻阅以前写过的所有东西，发现以前写的东西漏洞百出。还好，我想起我的儿童短篇小说《刺猬的故事》，这部小说由国家出版社印刷了数千册，它描述了我如何饲养一只刺猬。也许我就像自己看到的一样，根本不会养刺猬，但我用内心亲切的力量去对待这个自然界神奇的小怪物，我用爱去感染其他生物，现在可能有很多孩子都在养刺猬了。因此，如果我除了《刺猬的故事》这部作品，什么都没有，我仍有足够的资本告诉大家，我这个看不见又摸不着的梦想是如何实现的，这件事笼罩着我。我要开始写《丹顶鹤的故乡》这本书了，这是一部关于阿尔帕托夫的创造力的中篇小说，也许以后会成为一本关于创作类的书的一部分。

泥炭

（小说的第一个开头）

我的孩子，你问什么是创造或作为。在我看来，它们是建立在斗争的基础上的，而且，我还要多说一句，是基于胜利，然后是自我限制。从你挑剔的问题和追着材料跑的情况来看，我觉得你离胜利还差得很远。再说，如果你自己都被打败了，那么不管在哪里，都没有你的位置。对于被打败的人来说，在自然界任何地方都会失去战斗力，就连沼泽地也会见证你的失败。沼泽地不断漫延，而留给你的春天依然还是春天，向你炫耀着胜利。

我的胜利是在沼泽地迎来的，当时我自己都不知道。后来是怎么知道的呢？我正在与自己进行艰苦的斗争，当我幡然醒悟自己就是胜利者时，我怎么能看到这一幕？

周围没有遭受战争的重创，但丹顶鹤从远方飞回来后，周围立刻充满了生机，经过几十年的努力，放弃了普通生活的乐趣，我发现对于表达沼泽地里鸟鸣之美，竟然词穷了。

丹顶鹤是我现在唯一能叫出名字的鸟类，因为它们在春秋两季的叫声特点鲜明，而其他长着长嘴巴和夜间视力好的鸟儿，只有猎人才能分辨出来。如果单独按品种听它们的叫声，很难分辨出是什么鸟儿，只能感觉到是鸟儿在附和着春汛的流水声。我听着鸟鸣，观察着春汛，心想："春汛后广袤的水域能让人的内心变得宽广起来，我也有如此感受。"但随即我的想法就发生了转变："虽然大洪水是我们的灾难，但洪水最终会退去，在盛夏又会导致河水变浅，无法通航，因此得加深航道，来减少洪水的泛滥。"

突然，我听到类似山鸡起飞时发出的咕咕声，就顺着声音的方向走去，但只要我一动，声音就消失了。当我回到原处，那声音便又出现了。我站着一动不动等等看，就又听到连绵不断的声音，我才明白那是很细小的水流在雪底流淌的声音。这一刻，在我脑海中埋藏的某个创作灵感被激发出来了，和水、和鸟鸣一起迸发出来。这种迸发富有节奏，通过这种节奏，只要看一眼便什么都明白了：为什么鹬走路时身体会前后摆动，为什么鹡鸰会环顾四周，还有为什么鸭子会潜水。一切可以听到和看到的东西都在节奏中协调一致。我只需将我的未来与这种节奏相结合，我坚信我能做到这一点，现在一切只取决于我自己，在任何地方和任何情况下我都不再孤单地承受着痛苦。

有一次，在泥炭沼泽枯萎的树木中，见到了一棵让我很惊讶的生命力很强的白桦树，我便坐在树下干燥点的地方小憩。白桦树四周，我身下坐着的地方是很柔软的绿色苔藓层，上面长着郁郁葱葱的越橘草。双脚踩在一个有点凉爽的浅水坑里，这个水坑不知道是动物挖的还是人挖的。水坑的四周长的都是甜草和大颗成熟的草莓。后来我才明白，为什么沼泽中唯独这里长着草莓、白桦树和甜草，因为水顺着泥炭流进了坑里，把沼泽中的酸性物质分解了。看着这个水坑，我想起了自己一直以来有一个痛，当我回顾造成这个痛的根源时，竟无从想起，当初的一切都发生了改变。我构想的人物的形象就像长出的草莓，就在我的脚下。我意识到，我的痛苦就像这片沼泽，这里的植物在缺少空气的情况下，就不会腐烂，层层叠叠地堆在一起。而我内心“沼泽”里的“树木”却是那么孱弱，因为我心里所有的力量还没有被激发，只是像泥炭一样一层层地在积淀着。

因为实现了自我突破，我开始兴奋不已，惊讶地环顾泥炭沼泽：沼泽中的泥炭已经成型，所存储的热能足以让一个大城市居民使用一百年。

这也像发生在我内心的痛苦一样：我不再感到痛苦，我的“泥炭”已经逐渐成形，而我成了“热能”的所有者。

我的孩子，放下你的“沼泽”，注视你的内心，也许你的“泥炭”也已经成熟。

这段抒情的序言，基本讲述了小说的内容，以至于我都不想再写下去。泥炭在中间的某个地方派上了用场，但开头应该是可以写的，就像骑着雪橇滑下冰山。我试着根据《恶老头的锁链》的第二卷写个开头：在那里的最后（《生动的夜晚》），阿尔帕托夫去了丹顶鹤的故乡后，没有很快离开那里。但是，让他在第三本书的一开始就去拜访他母亲的庄园，并在那里他和母亲交谈。只需要一页纸就能写完，而不是一部长篇小说，根据内容我们能够得知，他在丹顶鹤的故乡与女孩帕莎相遇。

门不当户不对的婚姻

（小说的第二个开头）

玛丽亚·伊万诺夫娜·阿尔帕托娃从赫尔岑的作品里读到了一个让她心烦意乱的观点，有一段时间，无论做什么，甚至做家务时她都一直在胡思乱想，赫尔岑生动的话语总会浮现在她的脑海里：“门不当户不对的婚姻会是不幸的开端。”这句话让她联想到儿子阿尔帕托夫现在的处境，她无法帮他找到获得幸福的方法。现在唯一能够希冀的就是，他还年轻，暂时迷恋自己的妻子，日后会醒悟过来，给自己找一个真正的、受过教育的女人。然而，一个神秘的声音传来，阿尔帕托夫是一个对感情专一的人，这是其一；其二，如果干涉太多阿尔帕托夫很可能结不了婚。有一个办法可以减小儿子获得不幸的概率，那就是请他和他的妻子一起来家里，然后带着她，让她融入这个家，教育她，磨炼她。但是，这种在良好的中等贵族家庭中常见的习惯性做法对玛丽亚·伊万诺夫娜来说并不合适，因为她自己就是个商人，学习如何使用铜钱，在她的内心深处，每个农村妇女都比白骨[1]和贵族粗暴得多。最后，她决定静观其变，不再与儿子做任何交谈，仿佛这是她视线之外的某种普通又轻松的男性关系一样。

早茶时，从与母亲第一次谈话中，阿尔帕托夫就意识到了，他试图与母亲达成的家庭协议，只不过是继承下来的关于什么是幸福的偏见，也是他做出的最愚蠢的尝试。然后，他就兴高采烈地讲起莫斯科周边的低洼沼泽林，说在杜布纳[2]有一大块沼泽地，根据民间传说，那里出现过大家都很喜欢的珍贵的金色草地。令人惊讶的是，听了这些传说，又到当地察看了地形，他竟猜出了该地区变成沼泽地的原因。只要雨水一多，整个沼泽地的水就会涌向伏尔加

---

1 白骨，旧时说法，指贵族出身或属于革命前俄罗斯特权阶级的人。——译者注

2 杜布纳，俄罗斯莫斯科州的城市。——译者注

河，而这个地区仍然像是在童话里一样，还是一片金色的草地。

玛丽亚·伊万诺夫娜非常高兴地听完了儿子讲的故事，她完全忘记了赫尔岑讲过的关于不幸的开端，也完全忘记了她应该去做日祷。突然被“般配”这个词击中，玛丽亚·伊万诺夫娜画了十字，她突然意识到：“我竟听得如此入神！”餐桌也顾不上收，就出发去教堂了。在那里她一定会见到一个地主邻居，她之前和他商量好一起订购一台小型收割机。

阿尔帕托夫从露台走进花园。露水仍在，花园里闪闪发光。蜜蜂嗡嗡地飞。赫尔岑关于不平等婚姻的永恒公式不可能发生在他的身上……

我的朋友！世上有没有预先存在的生命公式呢，比如，如果你说出了A，就一定会接着说出B吗？不，按字母顺序排列的循规蹈矩的生活只为死者而存在。不平等的婚姻，正如我所知道的那样，在强大的人身上附加许多人无法企及的幸福。

动笔写第一部分的时候，我被写作的困难吓到了，而较之第一部分，当时看起来写作有多困难，现在就觉得它有多容易。因为写作模板已经形成，我不停地写啊写。这个写作模板是我在描写阿尔帕托夫的童年时，通过不断缩减每章开头用来抒发情感的词语个数摸索到的。渐渐地，无意识地，我把自己当成了两个人：一个是我——叙述者，另一个是他——孩子。这是从我——一个老年人的记忆中出现的，它需要被整理。在第一本书中，它成了两代人的呼应；在第二本书中，我从一个作者，变成了一个记录者。在强化自已发现能力的道路上，有一次阅读苏沃林的日记时，我意外地找到了支持自己的依据。他在日记中说，他对这个世界的许多印象阻碍了他写一部传统小说，他只能再写一部小说，就像已完成的《叶甫盖尼·奥涅金》：一个人空谈自己想要的一切，另一个人按照一定的计划行动。

逐渐找到写作模式给我带来了很多快乐，也减轻了读者的厌烦情绪，因为如果不是这样，他就得读上五六本书那么多，而不是两本书了。但是，我无法按照这种既定的写作模式毫无快感地写出第三本书，一页都写不出来，即使写出来了，肯定也会重写。所以写第二个开头的轻松感觉让我害怕，让我想放弃了。我想出了一个主意，我要把自己想象成一个生活的探索者，而不是一个记录者。阿尔帕托夫生活的地方我非常了解，因此，我想把这本小说写成关于工程师阿尔帕托夫的传奇故事。

这样我就可以充分利用自己的才能来掌控全局。谁知道呢？也许一切都将归结为对该地区物质的描绘，而阿尔帕托夫只会是一个暗示，像精灵一样徘徊在沼泽的深渊中。

冰碛

（小说的第三个开头）

向我们逼近的冰川，它们在土地上留下千沟万壑，改变着土地的原貌，无视未来人们的生活。现在我们就生活在这冰碛上。

世界文明在探索原始人生活的时候，是否考虑过幸福？文明不就像这冰川一样吗？难道不是任何人都可以了解探索它的全过程，然后理解它的发展与人类之间的关系吗？几千年前，冰川就已经从欧洲漂过去了，但是，迄今为止，我们都没有关于冰川漂移的详细资料。当然，冰川漂移，不会考虑其他生命，冰川上的所有变化都是无计划的，它就这么自顾自地漂着。但是，在我们这儿——国家的中心，因它而有的改变，对人们未来的生活产生了好的影响。森林长在冰川移动后留下的低矮山丘上，湖泊出现在它留下的坑洼里。当人们发现山丘上的森林时，湖泊里长出了草成为沼泽，沼泽中储存着具备大量太阳能的沉积物——泥炭。是的，冰川的漂移不会考虑人类，但是它无意间创造出的物质对人类的生活大有裨益。要知道，只要从每座山都有的沼泽中挖出来泥炭并将其运到沙土地中，这片沙土地就会在未来很长一段时间内保持肥沃。

如果生活在这里的大多数人不懂得去利用很久之前冰川移动留下的财富，那么在文明面前，我们又有什么可以批判的呢？对正在发生的事情又能说什么呢？如今在冰川山丘上生活着人类，尽管人们并没有想过储备泥炭肥料，但是人类和动物在山丘上的长久生活已经让山丘表面的砂土一点点变得肥沃。冰川形成的山丘上布满村庄和教堂，人们也生活在这里，这些山丘看起来像是一个个被淹没在巨大绿色深渊中的蚁丘，在深渊中甚至到处是无法通行的沼泽。这个地方，离首都很近，建在山丘之上，人口过剩。我视这个地方为人类选择的、希望个人的创造能与过去冰川的影响以及现在世界的文明相协调的地方。

就让所有的山丘待在原地，我乘坐一艘小船穿梭在它们之间，沿着在其他地方都没见过的小河漂流。我也习惯在其他地方乘船沿河顺流而下，看看那些从主流分出的支流。杜布纳河的支流似乎不是在流淌，而是倾泻而出，形成布满沼泽的宽阔山谷。其他河流汇聚形成杜布纳河，河水溢出河岸，形成了方圆数俄里的沼泽。然而，一切都显而易见：杜布纳河的某个地方被堵塞，无法分流，河水溢出，形成了巨大的洪泛区。这就是为什么，从远处看，这些冰川形成的山丘，这些带有教堂和村落的蚁丘，像是淹没在这原始大自然的荒野之中。

我觉得这部小说的开头部分写得很成功，我很满意，稍做修改之后，我大声朗读了二十次，甚至更多次，感觉非常完美。但是，我整个冬天都花在了写作上，现在筋疲力尽。如果接下来的春天能像往年的春天一样，那么我会在大自然中获得继续创作该书的灵感，但是，众所周知，今年的春天是什么样的：仿佛又有新的冰川向我们逼近，到处冰天雪地。坐在桌旁，我想象着自己坐在小船上，沿着杜布纳河漂流在冰碛之间，但是目光落在上霜的窗户上，就像冰川的冰碛一样，我便无法继续想下去了。现在我明白问题所在了：我因疲惫和坏天气而感到麻木，我无法调动全身的力量工作，现在只有大脑在工作，那些在正常工作条件下被我摒弃的、认为是多余的想法，现在却成了我的目标，我把它们称为“冰碛”。

通常，如果写得顺利，就让我感觉好像乘船在波涛汹涌的海洋上一样，所以，我描写我的小船就会描写海洋。由此可以得出的结论便是——虽然我谈论的是小船，但海洋也跃然纸上。

但是，也可以从另一个角度写：以海洋为背景描写小船。我觉得这也是非常引人入胜的。在最初的几年里，从爱好者的角度来评价自己写的东西，我完全搞不清楚写了些什么。当我是个不知名的作家的时候，一切都非常好：我称那些写得好的东西为“海洋之作”，出版社付给我稿费；那些写得不好的，可以说是用“多余想法”写出来的章节，会被出版社退稿，那时我就会明白它们为什么会被退稿了，并且会亲手撕毁它们。当然，出版社有时也会犯错，也有过我撕毁了写得还不错的退稿的时候。不过没关系，好的写作思路还会再次浮现在脑中。当我小有名气，大家对我的名字过度信赖的时候，质量不高的文章便出现了，但是，这毕竟是我写的东西。我也犯过一些错误，并发表过一些无用的文章，这些文章好似一双双紧盯着我的黯淡无光的眼睛。

有很多人，可以随意地跟别人借钱或者称呼对方为“你”，我就不行，如果不得不那样做，我只能对猎人和孩子称呼“你”。有些非常有天赋的作家，他们完全不会看向自己的背后。他们也是慷慨的人，我的错误之于他们，就像大鹅身上的水。我惊讶于这些作家的才华，但是一点也不羡慕：这不是大师，与他们的作品相比，森林的喧闹和流水的歌声对我来说更美。大师必须了解自己，并且能够掌控自己的才能，就像火车司机能够控制火车头一样。

通过各种方法，主要是通过选择最初的听众，这些听众要么就是对文学一无所知的人，要么就是大文学家，我开始在自己身上找到了那种“海洋”般的感觉，以及另外一种看似狂热的感觉。渐渐地，我发现自己可以用带刺的铁丝网保护自己。然而，至今我都无法确信，用多余的想法引诱我的敌人，会不会在未知的地方出现。

当我想象着自己沿着杜布纳河，乘坐小船徜徉在森林沼泽的山丘之间时，敌人冰碛似的向我逼近。看着它们，我突然想到，应该找到我永恒的“冰碛”，我的溪流将会在它们之间流淌。渐渐地，我沉醉于描写这些“冰碛”，以至于忘记了世间其他的一切。怎么会这样！那些“冰碛”，那些关于创作的简短的想法，大量地出现在我的笔记本上，完全扼杀了我的创作力。在数十个，可能是数百个“冰碛”中，只有几个被保留了下来，被漂亮地改写，每一个都能单独成页。现在，我已经能够自控，“冰碛”已经影响不到我了，它们对我来说不再有敌意，甚至我可以给它们施肥，把它们当成真正的冰碛，在上面种出庄稼。这就是一些幸存下来的冰碛。

永恒之皿

编辑部里的人的追求是下意识的，就像北方鲑鱼跳过急流和瀑布，到河流上游的产卵地，或者像飞往筑巢点的候鸟一样。我猜测，让自己恢复到最初状态的渴望是出于对生命的贪婪，就像鲑鱼冒着生命危险跃过岩石，就像在森林里，在熊近在咫尺的情况下，北方的采浆果人摘了满篮子的浆果。由于自己的贪婪，我带着满腔热情寻找一种可以把生命的浆果封在器皿中，以便它取之不尽用之不竭的方法。

这种将生命的浆果封在永恒的器皿中的欲望的阴险之处在于，浆果不是为我自己准备的。我一直在观察自己，我甚至放下窗户上的帆布窗帘，拿来一张纸，以一个大写的“我”开始书写新的一行，这个“我”是创作出来的“我”，是“我们”。

亲缘关系

每个人，在或多或少的程度上，都被赋予了观察世界的艺术。每个人在他的生活中，仿佛匆匆忙忙地填满了所爱和所恨的人、动物、植物的形象数据库，他伴随着这些形象，走完一生。但是，这种普通亲缘关系的界限很窄，在老年时，一个人通常认不出亲属中的那些新面孔，而是通过详细询问他同时代人的命运来留恋过去。艺术家看世界的能力意味着对这种亲缘关系的界限的无限延伸。

规则与形式

如果我们这些俄罗斯的观察员把日本人同我们自己进行对比，我们就会发现，他们在外貌上的差别要比我们俄罗斯人小得多。这是因为我们对日本人知之甚少，我们不习惯通过亲缘关系来分辨他们，这是由我们本土居民生活的习惯决定的。

更值得注意的是，当我们从人类世界转移到动物和植物的世界时，我们的区分能力就更有限了：所有的乌鸦都是黑色的，所有的麻雀都是灰色的，所有的猫都是黄色带花纹的，我们只是通过毛色来区分。所以，我们只是从广度上、地理上了解这个世界，在心理和深度上却很少触及，这是一种无限的物质，需要我们用亲缘关系去接近。

此外，我们向来有消除因亲缘关系而形成的差异的能力，以便了解每个人冷漠的原因，并在此基础上建立起管理生活的规则。然而，所有的科学家和政治家都必须知道，这种消除思想的实验只能在实验室里进行；在生活中，没有思想，我们的身体就变成了尸体。这就是为什么，如果科学保护社会不受淫荡艺术的侵害，那么艺术就应该保护生命免遭消除思想，因为思想是每个生命意义的容器。

创作行为

创作力的源头存在于现实本身，即使是动物，也需要在今天，在一定程度上拒绝捕食猎物，以确保自己的明天。

同样，为了照顾孩子，也需要限制自己的生活。狗将多余的食物埋在地下储备；经过孵化期，鸡将小鸡孵出。这些就是在现实中有意识、有方法的创造。

人类有意识的创作行为是通过牺牲掉自己的一部分现实，并通过克制生活、规则和形式的意志力的行为去建立的。

拯救世界

我们尊重女性，是因为相对于繁殖（性）来说，她更倾向于爱情（爱）；在这方面，她比男性更自由。如果爱情达到婚姻的程度，那么女性在抚养和教育孩子方面所需要的自我克制就表现得更强。

女性这些在现实创作中的优秀品质转换到男性身上，就变成了有意识创作行为的规则和形式了。一般来讲，女性在现实创作中占据第一位，而男性则是在意识中。因此，拯救世界的不应该是退化成人类文化凌驾于现实的傲慢的人文主义，而是意识创作和现实创作相协调的、统一的、联姻式的世界性创作行为。

这是无数的摧毁我“冰碛”的残渣。它们一点儿都不笨，但是一动不动。碰巧的是，就在创作这些“冰碛”状态最好的时候，一位来自教育技术学院的共青团员来找我，邀请我在他们的晚会上朗读最新的作品。

“您在写什么？”他问道。

“写一些‘冰碛’。”我回答。

为了知道我能否在他们的晚会上读我最新的作品，我在自己的房间里给共青团员读了许多“冰碛”。

在非常耐心恭敬地听完了我的朗读之后，共青团员告诉我，他对于我的浪漫主义感到有些尴尬。

“我的朋友，”我说，“浪漫主义有很多种，关于大自然，它的好处还没人提过。”

“但是无论如何，”共青团员反驳道，“对于女人，您跟大家都一样，在语言上对她极力赞美，而实际上，却把她带进了厨房。”

“所以，”我说，“你把现实想象成厨房，但你为什么说现实决定意识呢？”

突然，在我脑海中闪现了我对浪漫主义的定义。

我说："这就是我现实的浪漫主义。"

共青团员礼貌地向我表示，这种浪漫主义像极了市侩习气。我被击中要害，因为每一个浪漫的人都想要成为小市民。我提到了同样出现在教育技术学院宿舍的情况：年轻人偷偷地聚到一起，人类的自然法则统治了一切。女孩躺在医院里，成了妈妈。而当她恢复精神，战胜羞耻，决定这一切过后回去参加考试时，她的同学们在楼梯上迎接她，手中拿着鲜花。

"这就是全部，"我说，"这就是现实的浪漫主义。你现在怎么想，我还能在你们的晚会上朗读我的'冰碛'吗？"

聪明的小伙子思忖片刻，但马上恢复正常并回答道："当然，当然可以，尤其是您允许我们在朗读之后进行讨论的话。"

然而，我改变了注意，拒绝去朗读我的"冰碛"。他们站在那里一动不动。我看着他们就像由冰川形成的山丘一样，而冰川本身已经融化了。我们的工作就是要在上面耕作。重读这些"冰碛"，你会觉得："这是谁？是什么样的哲学家早就将它们纳入了自己的伦理学中？"不，如果我是艺术家，我应该去开垦、耕作、施肥，让生物在上面生长，然后再去阅读。

VI. 宝藏

我一直能感应到一股神秘力量的存在，它能揭开一切伪装，能唤醒人的本能，甚至能引来志趣相投的先贤才俊为我答疑解惑。我知道诗人称这种力量为缪斯女神，但是那些与诗歌无关的人又叫它什么呢？当一切很顺利的时候，这难道不是同样的力量在起作用吗？工人们在歌曲《杜宾努什卡》[1]中寻求到的帮助，不也是这种力量吗？“……自己会消逝，自己……会消逝。”似乎音乐的旋律可以伴随着任何工作，除非这个人完全孤立，把全部注意力都投入自己的工作中去，达到忘我的境地。我现在能根据自己的情况写一本书，谈谈如何用我的奇策妙计来操控这股宝贵的神秘力量——操控这股层见叠出、唤醒我发掘世界的神秘力量。因此我设定了写书目标，而这本小说的创作过程并不亚于任何一项科研工作。因此，如果我想去复制某一页文章，或者是任何一段我走过的路，又或者是任何一段我经历过的时光，那么我正在寻找的都是在时空的交会，在那里，我所有的印象和经历都汇聚成了光线。人无法预料

---

1 《杜宾努什卡》，瓦西里·伊万诺维奇·博格达诺夫和亚历山大·亚历山大罗维奇·奥尔希尼在19世纪60年代创作的一首俄罗斯革命歌曲。——译者注

到印象里的光线会汇聚在哪里，抑或是何时汇聚——我一开始并没有想到这点，而且，也许人生中最难的是让自己对世界有一颗敬畏之心。这个世界甚至有一些规则存在着，就像我一样活生生地存在着。在旅途中，我尝试尽可能少用笔记本去记录，仅标出陌生的单词和语句。在旅途的最后，我已经找到了我印象中的焦点。通常，旅行回来后，我会在家里拿出一张纸，在它的中间画一个圆圈，然后写一些话，这些话就是焦点。那时的我刚从西伯利亚大草原旅行回来，我感受到了自己对广阔草原的核心印象：沙漠里有两个骑兵，均是吉尔吉斯人[1]，他们聚到了一起，其中一个问道："有什么消息吗？""没有！"另一个回答道。他一开始以为我是一个皮肤黝黑的阿拉伯人。而当我问我的向导这些骑行者怎么会知道我旅途中如此多细节的时候，他只是简单地回答道："打听来的。"在那之后，我所有的印象就凭借着自己的力量开始在我的脑海中沉淀下来。正如那些骑行者道听途说的那样，于是我又在圆圈中间写下了"道听途说"四个大字。圆圈上的箭头指向各个方向，我把主要的印象写在这个圆圈里，把强度较低的那些印象写在下一个同心的圆圈里，然后我整个作品的骨架就跃然纸上了。如果我现在开始创作小说（短篇、中篇和长篇），那么我总是会从寻找焦点来开始我的创作，然后，不知为何，我会将它周围的所有东西都排列成一个圆圈。在我的思维空间里，我把我的作品视为一颗水晶，里面有一

1　吉尔吉斯人是吉尔吉斯斯坦的主体民族。——译者注

个焦点在闪闪发光。

我将这种协调我外在世界和内心世界的力量称为“节奏”，它不仅让我的工作变得轻松，甚至有些令人陶醉。

经常有人来问我，黑皮肤的阿拉伯人是怎么做事的，我经常从他们那里听到一些苦涩的话：“我们也是靠99%的辛勤劳动。”当然，这是那些在工作中从来没有感受过甜头的人对我说的。但是在我看来，对于每个想要把事情做得更好的人来说，只要学会注意、突出并严格管理音乐节奏，工作受音乐节奏的限制就是有可能的。遗憾的是，在聆听音乐节奏的过程中会产生一种劳动很轻松的假象，而关注这一点的人，通常都会放弃艰苦的工作，只为了诗歌而创作诗歌。

我在没有任何语言艺术经验的情况下，写了自己的第一本民族志书《飞鸟不惊的地方》。与后来评论我书籍的学者的观点相反，米哈伊尔·奥西波维奇·格尔申宗[1]告诉我，我的第一本民族志书比之后的所有的诗集都要好。我将这个观点归因于格尔申宗的怪癖。在我看来，他一直想在所有的事情中都保持特立独行。直到现在，当命运将名著《在乌苏里的莽林中》的作者弗拉基米尔·克拉夫季耶维奇·阿尔谢尼耶夫带到我的房间时，我才从他那里得知，他写书从来没有考虑过文学的事，而仅仅是严格遵照自己的日记。我这才理解了格尔申宗，也明白了我第一本书中的天真，对现在的

1 米哈伊尔·奥西波维奇·格尔申宗（1869—1925），俄罗斯文学和社会思想史学家。——译者注

我来说，有着无法企及的意义。我现在毫不怀疑，如果不是环境将我引到文字本身的艺术之中，那么我不会一点一点地创作出像阿尔谢耶夫的书那样的作品。在那样的作品中，诗人将自己最后一滴创作的血液都融入了他所描绘的世界中。

我想起读过我的《跟随神奇的小圆面包》的勃洛克。他说："这不是诗歌。"

"那这是什么？"我问。

勃洛克纠正道："不，这确实是诗歌，但也是别的什么东西。"

"是什么？"

"我不知道。"

我现在意识到，在这本书中，"神秘的力量"绝对是充满诗意的，但它的另一部分仍然处于混杂的状态，并没有屈从于诗人的定义。

这是一个自然主义文学和公民主义文学斗争的时期，这两种文学正在"俄罗斯财富"中衰落。这个富有诗意的"我"四分五裂地从陈腐的模式中脱离出来，依托着尼采的超人主义，净化、提纯，直到最后将自己禁锢在一个模式中——我即是上帝。这是最伟大的果敢，就像从悬崖上跳下，没有翅膀，只能借助自己的信念飞翔。超人作者的悲剧是众所周知的……紧随着第一位敢于宣称自己是神的诗人，世界上出现了无数的神。一切就像查拉图斯特拉[1]进入了热带雨林，展开了粗麻布，像捕猴人一样将粗麻布卷在自己身上，

---

1 查拉图斯特拉（前628—前551），是古代波斯国国教拜火教之祖琐罗亚斯德的别名。——译者注

然后又打开粗麻布离开。之后，就像大家都知道的那样，猴子们模仿人类，卷进了粗麻布，它们就以这种方式被捕获了。

许多诗人卷入众神之中，陷入如此荒谬的境地。随后开始了一种新的伦理美学的疾病：寻神说。我从小就对神有天然的恐惧，这让我不能完全地进行严格的自我神化以及随后的寻神，但是，当然，一切都是如此好奇，我向我的时代致敬。我从一个民族志编撰者变成了一个追求语言形式的文学家。模仿着众神，我也开始写起自己，但是和颓废者的方向完全相反，因为在这个“我”之中有着全世界的共同点。我一直走在这条路上，试图接近我的第一本书的天真和简单。

当然，我不禁会注意到，对于那些在劳动中不得不将自己的作品留给历史的人来说，这些更替着的流派、哲学思想和宗教研究的意义是微乎其微的。对他们而言，这最多不过是一种方法，而对普通人来说这是一种教条。但不管怎样，在国家灾难的前夕，无论是领导者、普通人、方法、教条、广告，还是漂泊的文学家，所有人都在特定的公民身份下，共同将语言从自然主义的禁锢中解放了出来。这种艺术看起来像是覆盖在沼泽上的雪白百合花和金色睡莲异常优美地交织在一起。

我是这个悲惨的、蓬勃发展的语言创作时代的见证者。当我尝试以阿尔帕托夫的身份去接近创作固有的过程时，我应该绕过这个时代吗？不，为了我那巨大的幸福，我必须接受，而这种幸福在书本材料中是没有的。根据我的亲身经历，我能够带领我的主人公从唯美主义和革命禁欲主义的小支流中走向富有创造力本质的广阔海洋，在那里，所有的生物都受制于最伟大的法则——“准备好死亡吧，撒下黑麦！”

如果阿尔帕托夫的唯美主义和革命禁欲主义时代是围绕这些大问题建立的，那么任何东西都不应该影响他的成就。现在，我只对在鲜活的人格中体现这些的可能性而感到困惑。起初，某个无所事事的工程师发现了这个地区沼泽化的原因，这让他很震惊，这个无关紧要的事实以某种方式将它与词汇的创造者联系在一起，并将它从他们之中分离出来。

如果我看到一位年轻作家在他的文学创作舞台上陷入困境，那么我会觉得这很有趣。所有这些困境都来源于大脑在空间和时间上搭建的舞台，而当涉及整个人参与建设的建筑物本身时，有时，起决定性作用的仅仅是一个词组或是一个单词，甚至只是一条线。越过这条线，行动就可以转移到一千年前或一千年后。

然而，就像演员一样，即使是第一百次扮演相同的角色，仍然会害怕和卡顿，所以我绞尽脑汁地思考是什么让阿尔帕托夫从莫斯科低洼多林的沼泽转移到圣彼得堡文学艺术创作的沙龙呢？究竟是什么引起了那里一个泥炭工作人员的注意呢？我突然想到，阿尔帕托夫想要把金色草地送给困在杜布纳沼泽区的人们这件事很容易和黄金时代的神话联系在一起，因此，阿尔帕托夫可以通过这个神话来引起伊万诺夫·维亚切斯拉夫神话圈子的兴趣，然后泥炭工作人员就会像易卜生笔下的建筑大师索尔尼斯或者《沉钟》里的海音里希一样，成为一个具有象征意义的主人公。

但是对于这样的建筑，沼泽的知识在某种程度上妨碍了我，这使得象征性的创作似乎是有条件的、不真实的。

我转向我的个人生活。毕竟，我也是一名农学家，经常摆弄泥炭，而又直接从泥炭进入了创作的沙龙。我之所以成为作家，是因为我突然迸发了从事这个行业的潜能。但在我看来，我在文学事业中获得的快乐主要是源于一件事，那就是通过它我可以更加接近普通的创作。这是发生在个人生平经历上的事情，但是阿尔帕托夫不能成为一名文学家，因为语言艺术固有的创作过程被虚构掩盖了，以至于如果你说他是“作家”，那么你需要了解很多事情……不，显然，我需要在阿尔帕托夫的农艺学中找到一个创造性的焦点，所有创造力的光芒都能通过这个焦点发出。

或许，在晚上或者打猎的时候，我不自觉地不止一次想到这个问题。可谁又知道呢？或许有一天，我可以去《工人日报》社申请一趟公差，专门写一篇关于泥炭生产过程的文章，这样我就可以随心所欲地去探索大自然深处事物运动的奥秘了。几年来，我一直在杜布纳沼泽区周围游荡，我已经在谢尔盖耶夫附近坚定地安顿下来了。我有点儿害怕去想这件事，因为这是事实：揭开控制着日常思维不稳定的力量是很可怕的。

不管怎样，这一次发生了相同的事情，一旦我遇到自己喜欢的事，就会拥有全情投入工作的能力，并且全神贯注于此。这样的事情已经发生了很多次。不论如何，就像第一次一样，在我看来，这种让我投入工作的力量是神秘的，尽管我像电力工程师管理电力那样理性地去控制这种力量，但我还是没有很理解它。事情就发生在我在白纸的中央画了一个圆圈的时候，我本应该在其中写下我作品的核心，然后在这个空的圆圈附近记录一些阿尔帕托夫生平的信息。但是在厨房墙边守着电铃的狗突然狂吠了起来。不知道什么原因，院子里的旧电铃现在就只剩下电线了。来给我送柴火、牛奶和一些其他东西的农民从来不敢按电铃的按钮，可能不太相信它，他们总是弄响电线，院子里的狗也会友好地吠叫来回应；知识分子总是按下按钮，但仆人并不总是在厨房里，而我在屋里听不到电铃响。这就是为什么我把最聪明的狗放在厨房里，如果厨房里没有人，电铃又响了，它就会叫我，然后我就知道大门外的街上站着的是一个知识分子。

听到狗的叫声，我赶紧把那张写着小说框架的纸藏进桌子，走到院子里，让那个中年知识分子进来。他穿着讲究，手里拿着一个公文包。他站在门口那里自我介绍，他是谢尔盖耶夫执行委员会的文化技术专员，这次来是想向我请教文学方面的事情。

在房间里，他从公文包中取出了自己作品的手稿，想让我看一下并推荐给出版社。

这部作品是杜布纳沼泽区排水项目的汇编总结，其中还详细地介绍了地理、植物群、动物群和复杂的经济核算。这部作品在如此有需求的时刻出现，在我看来简直是个奇迹，在辞别了作者之后，我立即研究了起来。

我从这部作品中了解到，沼泽的排水计划包括下降以狩猎资源闻名的冰川湖的水位线，最重要的是，冰川湖的湖底仍然存活着极其罕见的冰河时代的遗迹——天鹅绒般的绿球藻。

让我十分奇怪的是，草拟湖泊水位线下降计划的技术人员并没有重视这样一个事实，冰河时代十分珍贵的遗迹只存活在地球上的两个地方，湖的水位线下降，这个遗迹也必然会消失。我带着金色草地回归到阿尔帕托夫的故事中来，想象着他正准备降低湖泊的水位线，然后发现了这个遗迹，突然他面临了一个问题：作为一个只了解技术层面的工程师，他是否有权利将这个遗迹以及它未知的神话从地球上抹去？把沼泽的排水计划搁置一旁，我又拿起我的工作计划，在白纸中央的一个空圆圈里写下：绿球藻。瞬间，整个作品的框架闪烁着神秘的水下植物的绿光，马上丰满了起来……但即使这样，我也不相信。如果这种神秘的藻类确实存在，并且我可以从中学到很多东西，那么我为什么还要急于发挥自己的想象力呢？我首先要做的是从技术人员那里搜集关于绿球藻的第一手资料，也许，还会写一些关于绿球藻的文章发表在报纸上——一切都会对我有好处。我甚至有可能拯救这种藻类，而绿球藻的拯救之路将会为我这部描绘阿尔帕托夫的作品开辟全新的视野。

VII. 康斯坦丁诺夫斯卡亚山谷

我在这几页里费了许多笔墨来描绘自己如何在湖周围的沼泽森林中闲逛，湖底肆意生长着无根无蔓的绿色丝绒般的绿球藻。但我那时能坦诚地告诉任何人：我正在收拾行李，购买粮食和罐头，准备武器、猎犬、望远镜、暖壶、指南针，为一次真正的探险配齐物资，我要在这些藻类附近生活几个月。我觉得绿球藻才是这个地方的主人，其他的一切都只是背景，以这种特殊的视角重新审视这里的生活，进而弄清楚人们的生活。我以前不止一次地做过类似的尝试，路是现成的。虽然我仍然为自己要做的事情感到担心，但是我已经不再需要小心翼翼地摸自己的脑袋来判断它是否正常了。当然我也想过自己是不是疯了！

不，我当然不会拒绝变年轻或者再活一个世纪所带来的快乐，但也要像我现在的生活这样有秩序、有保障，我才会开始新的生活。以前的恐惧对我而言仅仅是不必对外宣扬的问题，而我满足身边人们的好奇心的方式是让他们快乐。我对那些不知道在这片森林里生活着哪些牛虻、蚊子、蠓虫和各种小飞虫的人说："我去别墅度假。"我对其他人说："我在那里驯狗、打猎。"而我对那些沼泽附近的人说："我正在为长篇小说搜集素材。"但这个小说家的身份让我尤为不喜：人们通常认为长篇小说充其量只是供消遣的书籍，但小说家在大多数人的眼中不是普通的身份，而是杰出的公众人物。只有农民更喜欢叫我作家，因为我写过一本非常适合中小学生，甚至所有人都能读懂的书——《猎人米哈尔·米哈利奇的故事》。

我的大车从城市一路向东北驶去，沿着公路，一会儿下坡，一会儿又开上了多林的山丘。当你最初看到森林的时候，脑袋里会涌出许多想法，但是如果在接下来的一个小时、两个小时、三个小时里左右两边看到的都是森林，你就会变得麻木，会想起旧时俄罗斯拓荒者说过的一句话："森林是魔鬼。"

最后，当走到森林的尽头，映入眼帘的是有河滩地和山丘的杜布纳康斯坦丁诺夫斯卡亚山谷，这些河滩地和山丘一直延伸到远处紫灰色的森林和沼泽，几乎每座山丘上都有熠熠生辉的教堂十字架。我觉得俄罗斯中部平原上丘陵起伏的这种独特景观是世界上最好的景观。每个人都会赞叹这掩映在真正的沼泽森林中的山丘，我不止一次听到游客们惊叹道："蒂罗尔，真正的蒂罗尔！"

我几乎走遍了整个山谷。我不止一次地站在冰碛山丘上欣赏它的美，想象着距离我们非常久远的时期。在我们革命的这些年里，我以前看到的一棵引人注目的白柳树已经干枯了。真可惜，我再也无法在某个山丘上找到那个地方。有一次我打猎回来，太阳落山时，我曾在那里停留过。在远处，什么东西在发出亮光，好像燃烧了一段时间，但并没有冒烟。又过了很长时间，我在这里四处走过了之后，我认为这里应该是沼泽湖，要比这个山谷的地势高一些。看不到落日，但湖面上布满了黄昏的霞光。我没有再次找到这个地方。也许是因为，一年中只有一次，在某一天，某一个时刻，才会有霞光如此完美地映照到这个地方。

我环顾着已经熟悉了的沼泽谷地，想起那个金色霞光满天的傍晚，我想把这个让人印象深刻的美景讲给工程师阿尔帕托夫听。希望这个长着短腿、满是雀斑、留着很长红胡子的男人在此刻欣赏到这一美景，然后他会说："在圣彼得日的这个时候，也是在那个方向闪烁着金光，那是落日的余晖洒在金色的草地上。"接下来，这个长着短腿、满是雀斑、留着很长红胡子的男人继续讲述杜布纳的橡树："以前山谷里长满了橡树，现在沼泽里大多数的橡树都源于那些橡树。杜布纳河的河水在一条河道上流淌着，两岸坚固而结实……"工程师听着我的讲述，突然想到闪烁的金光可能来于沼泽下面的湖水，他是做地形勘测工作的，他猜测可以通过降低湖面来恢复金色的草地。

我在记事本里写着：

"由湖水内部泛出金光而突然迸发的想法。根据红胡子男人关于金色草地的讲述，突然重拾记忆，并由此产生了一个猜测。我想表达一个想法，即科学是一种恢复的力量。比如，原始人四肢着地奔跑时速度飞快，人类据此发明了蒸汽火车；有人认为人是鱼的后代，所以人类制作出了潜水艇；还有人认为人曾经是鸟，所以人类发明了飞机……"

我刚才乘坐的那辆运货马车快速地向下驶去，而我仍然坐在白柳树下欣赏着山谷，那里在十年间花繁叶茂，散发着勃勃生机，只有一棵树枯萎了。我现在很难赶上那辆马车。一辆辆运货马车向我迎面驶来，马车上坐着杜布纳沼泽地附近的居民们，他们要去谢尔里耶夫的集市。我带着两条狗，一条叫肯达，另一条叫涅尔雷奥。我身上穿着的衬衫和白桦树颜色相差无几，脏兮兮的。很难想象他们在看到这样的我和两条狗之后，不会瞠目结舌。但是其中一个背着背包、上了年纪的过路人并没有注意到我，甚至都没有斜眼看我一下。他的脸由于风吹日晒呈现出古铜色，他的肤色黝黑，让人猜不到他的内心世界，也无法判断他的社会出身。也许以前是位高权重的人，在经年累月的革命中失去了自己的地位，只能快乐地思考。也有可能恰恰相反，他就是一个普通人，在动荡的岁月中受过特殊思想的启发，现在特别珍视在路上深思的机会，不想把宝贵的时间花在两条狗和狗主人衬衫的泥点儿上。

这些人把我当什么人了？去年，我花一整个夏天在杜布纳驯狗，然后，直到深秋，我整天都在射击。他们之中没有人看到我写满了好几个记事本，对于他们来说，我只是一个射手或猎人。这些人会如何想象我，他们会如何解释在这个所有人很难弄到黑面包的国家里，竟然有这样一个自由的人。他们会鄙视我、厌恶我吗？在追上自己乘坐的那辆运货马车之前，我一直想着这个问题。一个我非常熟悉的很聪明的农民正在运我的东西。

我尽可能地和他解释清楚，然后问道："大家鄙视我、厌恶我吗？"

“大家都可怜你。”他回答。

我很惊讶。

“我们杜布纳这里的人并不是凶恶的野兽，”车主说，“大家都知道，以前有一个很厉害的人，他发出命令，大家听他的。他可能是州长，而现在不知道对谁发号施令，也没什么可命令的，所以他开了枪！”

VIII. 吉姆尼雅克

我喜欢绘声绘色地描写，也就是说，仔细地观察大自然，让一切都保持原样，辨别或者发现大自然真正的样子。我有时会因为必须改变所描写对象的名字而感到困惑。我不知道为什么在大多数情况下，人所取的名字与其内部特征是相符合的，如果第一次取的是其他名字，就会破坏一切——一切就会变得面目全非。等到后来慢慢习惯了这个名字，你又会赋予这个名字新的内容，这个名字就更难以替换了——新名字里一定要有相同数量的音节，否则节奏就会被破坏，句子也会变得不连贯，还会出现很多难以解释的障碍。你想的是阿列克谢嘴里叼着烟斗，然后把阿列克谢换成了尼古拉，不知道为什么尼古拉没带烟斗就出门了。还有很多例子……幸好，在大多数情况下，在描写村民、农民、工匠和工人时，不用考虑你是否冒犯了他们，因为生活贫困，他们犯错、欺骗、盗窃、酗酒，这些都可以被原谅，所以可以大胆地把一切往好的方面写，可以微笑地去写。这不是理想主义，而是为了一粒金子去淘整座山的沙子的淘金者的耐心。甚至经常有这种情况，你根本没有考虑良心和惊喜，而用自己的名字称呼作品中的人物。所以，我毫不费劲地给杜布纳的吉姆尼雅克小镇上的小旅店老板取名叫阿列克谢·尼基季奇·列米佐夫。这个名字即使在沼泽之外的地方也非常有名，每个人都知道“阿列克谢·尼基季奇是一个好人”，每个人对此都表示赞同，并对他的事情津津乐道。当然，有人会从道德高度来耻笑这些品质，但是，说实话，沼泽地区的人不会想到以崇高道德来评判人，而是会为恪守《旧约》感到高兴：不要偷窃，不要杀人，不要奸淫，不要贪恋别人的钱财……

这是发生在小旅馆里的一件事。一个邮差纵酒作乐，他去过列米佐夫那里，然后就失踪了。维克简直要疯了：邮差卷走了两千卢布！警察找了两个星期，累得筋疲力尽，不管怎么找都没有找到邮差。后来邮差突然出现在小旅馆里，而这里正有人在蹲守他，于是他被干脆利索地抓住了。而列米佐夫不慌不忙地把烟斗从嘴里拿出来，对邮差说：“彼得鲁沙，你有东西落在我这里了，带上它，说不定能派上用场。”“什么东西？”“我没看过，你当时把它塞进柜台，它就一直那么放着。”原来是一个邮包，上面所有的印章都完好无损。他们将它打开：两千卢布，分文不差。

你能相信列米佐夫根本不知道他柜台下的那个包里有什么东西吗？当然，他知道，他只是在等着：谁放的东西，谁就会取走它。

列米佐夫的小旅馆是莫斯科沼泽林地里口头文学创作的关键所在。吉姆尼雅克小镇周围数百俄里通常被称为杜布纳，在卡利亚津、卡申、吉姆尔，以及在乌格利奇的每个人，包括乡下的裁缝、鞋匠、皮货匠、玩具匠、油漆工、牛犊饲养员、干某种手艺活儿的收入微薄的农民、来自莫斯科的商人、收购者、各种领导，特别是猎人，都在列米佐夫的小旅馆里住过，他们每个人都认为自己是列米佐夫的私人好友。列米佐夫家族经营这个小旅馆有一百多年了，对半个世纪里发生的各种事情记忆犹新。

现在，这个地方终于有了歌手，我安顿好自己的两条狗（肯达和涅尔雷奥）之后，便坐在小桌旁喝茶。小旅馆老板的房门静静地敞开着。他是单身，有一个妹妹和他生活在一起。他的书房是一个小房间，墙上挂满了德国狩猎石版画，书桌旁有一把有点儿脏的帝国风格的圈椅，桌上有一本打开的《哈特拉斯船长历险记》，书上放着一副金丝边眼镜，旁边有一个算盘，窗台上有一束丁香花，窗外是大车店里常有的长长的木制柱廊，柱廊的底部堆满了粪肥。

茶室里人声鼎沸。小旅馆老板甚至来不及把烟斗从嘴里拿出来，忙不迭地一会儿倒茶，一会儿递上一俄磅面包圈，一会儿端来香肠，这都是他需要干的活儿，他要为大家服务。他浓密的黑胡子像乌克兰人一样垂了下来，很好地掩饰了他的面部表情：不知道他是高兴还是不高兴。他太忙了，没机会招呼他过来。在茶室里，一群猎鸭的猎人朝我走了过来。他们之中有几个是我的熟人，还有一个人以前做过职业猎人，他叫梅利里扎·阿列克谢·米哈伊洛维奇，我在随笔《列宁打猎记》中介绍过他。他有一双漂亮的大眼睛。整个地区的人，包括他自己也不知道，如果他受过教育、明事理的话，他会成为闻名全国的作家和诗人呢！

现在他做什么事情都不顺，他想和某个人打好关系，而那个人好像猫耍老鼠一样在戏弄他，时不时地给他一点甜头儿。他的名声都变得不好了。我从他那里听说并写下了多少关于打猎的小故事啊！我不止一次为了维护他，对攻击他的人说："你们听听他是怎么说的吧！"他们就特别蔑视地讥笑着回复我："他可行呢，他是这方面的行家！"

亚历山大·卡弗利洛维奇·拉新以前是阿尔曼托夫猎场和渔场的更夫，他也加入我们之中。他头发剪得很短，一副城里人的打扮，穿着体面的夹克，但却光着脚，没穿鞋，还总是穿着湿裤子！他特别健谈，一天到晚说个没完没了，一张破嘴把他全毁了。我自己也深受其扰，但是我能原谅他：没有人比他更懂杜布纳这里的河汊、湍流、沟渠以及湖里的深水段了，也没有人能像他那样耐寒，即使在全身湿透的情况下，即使条件极其恶劣，他身上的衣服也能再次变干。这群猎鸭的猎人现在正把注意力都放在从莫斯科来的猎人身上，我对他们本身并没有太多的关注，不过为了迎合大家正在谈的话题，我特意问了关于野鸭的事。

"野鸭是群居生活吗？"

"它们是否群居并不重要。"拉新说。

阿列克谢·米哈伊洛维奇朝我眨了眨眼，意思是："咱们先听听这个爱瞎说的人说什么，我们再来笑话他。"

拉新还没来得及开口讲关于野鸭的群居，列米佐夫就带来了一个我从没见过的猎人，他叫瓦西里·伊万诺维奇，好像是巴鲁巴尔斯基湖边的费多尔佐夫茶室的老板。拉新说："这个人无论是讲有钱人梅利里扎还是穷人普罗霍尔的故事，都能非常有趣而且非常准确，您觉得，他适合《猎人》杂志吗？”

“我觉得很适合。”我回答。

瓦西里·伊万诺维奇坐到我们的桌子旁开始讲了起来。

秘密

众所周知，我们的小贩格里高利·伊万诺维奇以前是莫里利斯雇佣的职业猎人。现在连东家带猎人一起在别的地方打猎。这个格里高利·伊万诺维奇是一位经验老到的猎手，也从来不胡诌。他告诉过我，他和莫里利斯一起去沃洛格达打猎，在一个村子里住下了。这个村子的名字，还有要打的是什么动物，他都想不起来了。打完猎，大家欢聚一堂，生上了茶炊。格里高利·伊万诺维奇不喜欢有事没事地和大家坐在一起侃大山。

有个人说：“我在村子旁看到了灰兔的踪迹，趁茶还没煮好，我们先去把灰兔抓到。”

年轻的猎人们就去抓灰兔了。

“我也和你们一起去！”莫里利斯说。

猎犬一抓住灰兔，年轻的猎人们就立刻簇拥向前，而莫里利斯上了年纪，悠闲地走向了棚子，因为这种灰兔喜欢挣脱猎犬，跑到村子的棚子里。正好棚子旁边堆着高高的雪丘，因为雪丘的遮挡，莫里利斯一点儿也看不到田野，于是他爬到了雪丘顶。注定有一件不幸的事要发生了：在这个雪丘下，人们为牲口挖了一口井，但是两年来一直没有水。他们在这个大井坑上放了两三根粗木，又在上面放了一些柴火，就完事了！在这个铺着柴火的地方，雪不停地下着，这个雪丘一直堆得很高。如果莫里利斯不是又高又重，这一切可能就不会发生。但莫里利斯真的很重，当他爬到雪丘顶的时候，雪丘和他的体重相加，这些柴火就承受不住了……

就这样，刚刚人还站在顶上，突然就消失了——人掉进深坑里了！

大家追捕灰兔没用多长时间，茶炊准备好了，捕到灰兔的猎人们也回来了。大家煮了茶，等了一会儿东家。一杯茶的工夫过去了，他还是没有回来，大家又喝了第二杯……

年轻的猎人们猜测着："又是这样，莫里利斯又跟我们开玩笑了，说不定，他已经滑着雪橇去火车站站台了。"

所有人都觉得东家离开了，但喝完茶大家仍旧打算在一起聚聚，后来不知因为什么，大家又改了主意，到底什么原因我不记得了。第二天，村子里最穷的人在森林里砍柴，他叫普拉霍勒。真的，他身无分文，只有自己一个人。他想在冻雪上径直走回村子，就在棚子旁边看到了人的脚印。他怎么也没想到，昨天有人打猎，脚印到处都是。他绕着雪丘走了一圈，觉得很奇怪：没有脚印的去向！他放下柴火，沿着脚印爬上雪丘，看到在雪丘顶上有一个洞。

他冲着洞里喊："有喘气儿的吗？回应一声！"

从洞里传来微弱的声音："我……要……死了。"

普拉霍勒赶紧下来，把大家召集起来，对大家说："咱们那口老井里有人喊'我要死了'。"

格里高利·伊万诺维奇和年轻的猎人们也在人群中，他们立刻就反应过来了：“是莫里利斯！”

他们用绳子把杆子绑起来，这样上面就可以坐下一个人，这个人的双手还可以抓住绳子。他们（队形）排得就像绞车一样，大家一起把人拉了上来：莫里利斯已经不像他自己了，全身都黑了。大家把他带回小木屋，开始给他取暖。

莫里利斯说：“严寒没有让我觉得很难受，反而是烟让我很痛苦。我开了两次枪，以为烟会飘上去，可它却落在了我的身上。我差点儿窒息丧命了。”

大家给他拿了点儿酒，喝了茶水。他吃了点儿东西，问道：“告诉我，谁是我的救命恩人？那个第一个喊‘有喘气儿的吗？回应一声’的人是谁？”

他们把普拉霍勒带了过来。

莫里利斯把普拉霍勒叫到一边，拿出了钱包，给了普拉霍勒一些钱。他还给普拉霍勒看了一眼钱包，说：“你看，空了，我只给自己留了些路费，你救了我的命，但是我给了你多少钱，你不要告诉别人。”

一切都过去了。猎人们离开了。但稍等，性格沉稳的格里高利·伊万诺维奇虽然曾经是一名职业猎人，但在这群人中，他还是一个商贩。当然，他那颗乡巴佬的好奇心久久无法平静下来。当他从沃洛格达来到托尔戈希诺的时候，他当然要把这个精彩的故事讲给所有人。然后，所有人都会向他提出同一个乡巴佬问题：“他给了多少钱？”

过了一年、两年、三年，形形色色的人来了又走。格里高利·伊万诺维奇仍旧饶有兴趣地讲着这件事，所有人到最后都会问：“他给了多少钱？”

到了第四年，莫里利斯已经改行了。每当漫漫长夜来临，格里高利·伊万诺维奇就开始冥思苦想，像走火入魔了一样，人也变得消瘦干瘪。他没日没夜地想着：“他给了多少钱？”有人祈求上帝把他从这个问题中解脱出来，然后有一天，格里高利·伊万诺维奇起床洗漱之后，打起精神，去沃洛格达了。好像是因为莫里利斯让他去寻找一个熊窝，当然，这只是小事，最主要的是要找到普拉霍勒，跟他问清楚。

他来到这个村子，到处打听普拉霍勒。

“普拉霍勒·谢苗内奇的家在哪儿？”

路人回答他：“你自己走过去看看就知道了，我们这儿只有一家的房子是铁皮屋顶且建在石地基上的。”

格里高利·伊万诺维奇沿着村路走过去，他看到了：确实，房子很大，有五面承重墙，铁皮屋顶，屋顶有铜涂层，墙壁上贴着金色的赭石，白色的边框，地基很高，是石砌的。这栋房子的入口也很讲究，有遮阳棚，门上安着电门铃。

格里高利·伊万诺维奇按了门铃。一个女人非常恭敬地给他开了门，并带他去了大厅。走廊里有一面大镜子和一个桦树衣架，擦得很亮。女人把格里高利的帽子和羊皮大衣挂在了上面。她打开门，那是一个又大又明亮的房间，窗上挂的是白色蕾丝窗帘，黄铜的门锁闪闪发光，门用油漆涂成了白色，地板也涂上了油漆，遍地都铺满了地毯。房间的中央有一张大桌子，桌子上放着一个干净的铜茶炊，普拉霍勒·谢苗内奇就坐在茶炊旁边。他穿着红色衬衣，红色的马甲上有黑色和绿色的条纹，胡子根根分明，头发梳成中分，头油抹得直反光。格里高利·伊万诺维奇深鞠一躬。

“你是谁啊？”普拉霍勒·谢苗内奇问，“从哪儿来的？有什么事吗？”

他还不了解情况。当格里高利·伊万诺维奇给他讲了他们是如何跟莫里利斯一起打猎的，他马上起身，兴奋得不得了，开始给格里高利斟茶倒酒，并拿出各种美食。他们就在酒桌上度过了三天，吃吃喝喝，推心置腹。整整三天，格里高利·伊万诺维奇都没敢问出自己最想要问的问题。就在第三天的晚上，因为即将就要分别，他们都喝多了，格里高利·伊万诺维奇壮着胆子，问普拉霍勒·谢苗内奇莫里利斯到底给了他多少钱。普拉霍勒·谢苗内奇马上黑下脸来，说：“格里高利·伊万诺维奇，你可别生气，我诚心诚意地跟你说，哪怕你留在我这里一个月、两个月，或者随时来找我，不管是白天还是晚上，任何时候我都会为你摆上丰盛的宴席，但是关于这个问题，不要问我，我到死也不会告诉任何人，因为这是我的秘密。”

科曼基洛夫草丘

讲这个故事的时候，茶室里更多的人聚了过来。他们站着听完，然后自己再接着讲一些很长的关于以前老爷们狩猎的被遗忘的故事。不过我也有关于神秘的绿球藻的话题，我抛出了这个话题。半天都没人理解我说的是什么，但是当我用手比画着它是什么的时候，拉新精神一振："你说的是一种球吗？"

然后我就开始了我的讲述。

"城里有个辛迪加，那是什么？"

我问："什么叫辛迪加？"

"我怎么知道。我是看到的一个招牌上面写的'辛迪加'我还看到了'阿兹－文'。"

"那个是亚速酒的意思。"

"所以，城里有辛迪加，有亚速酒，还有所有二十四种快乐。而我们的沼泽湖里只有绿球藻和野鸭子。不对，在城里他们也不快乐，还是把绿球藻和野鸭子给他们吧。有一天，一个叫菲列伊的德国人从国外来到我们这儿。'给我看看绿球藻吧！'我们准备带他去。'不用送，我自己去。'我们说：'你自己不行的。'但他却说：'菲列伊什么都行，菲列伊一切皆有可能。'他挽起袖子，露出胳膊上的肌肉。我们给了他一艘船。在湖里有上百个小岛和很多深水区。我们叮嘱他要驶向科曼基洛夫草丘。"

"什么是科曼基洛夫草丘？"我问。

故事从德国人菲列伊的旅行故事又转向了科曼基洛夫草丘，故事发生在狩猎许可开始前的二十四小时，巴什卡和别奇卡来到一间小旅馆，密谋商量着些什么。之后，巴什卡拿着枪，坐上小船，去了这个小岛，搭起了帐篷。在八月一号的晚上，别奇卡带着指挥官，在夜色中也驶向了草丘，他对指挥官说：“同志，在您的草丘上，已经有人在那里安营扎寨了。”“跟他们谈谈。”指挥官回答。“请离开这里，同志！”别奇卡请求道。“我怎么离开？”巴什卡从帐篷中回答，“这几天我都在这里。”“我们不会让你白走。”“你们能给我什么呢？”他们给出了补偿。巴什卡做沉思状。“你觉得怎么样？”“成交！”然后他们对彼此都很满意。指挥官留在了草丘上。巴什卡和别奇卡去了自己的好去处，他们打了很多野鸭，并带着指挥官用银弹打了野鸭子。

廖乌什卡渔场

“谢谢你，亚历山大·卡弗利洛维奇！”我说，“对不起，刚才打断了，现在，请继续讲关于绿球藻的事，德国人菲列伊是怎么一个人去的，或许他根本就没去成科曼基洛夫草丘。”

“是的，他本来应该往右拐，但是他突然向左拐，去了廖乌什卡渔场。”

“那是什么地方？”阿列克谢·米哈雷奇接过话，他早就想说了。

“这件事只有我能说明白。”然后拉新毕恭毕敬地将讲述廖乌什卡渔场的话语权交给了阿列克谢·米哈雷奇。

“渔场就是这样命名的，”阿列克谢·米哈雷奇说，“廖乌什卡正在船上打鸭子，而渔夫们把满满的渔网从水里拉出来。这就是为什么把这个地方命名为廖乌什卡渔场。之前很长一段时间他是我最好的朋友，但后来不幸发生了，仇人们开始嫉妒我，把我当作资产阶级，把我那些木板从院子里拖了出来，可能是打算用这 27 张半俄寸[1]厚、9 俄尺[2]长的板子去做棺材。当时廖乌什卡来我这里打猎。我对他们说：‘你们知不知道谁在我这儿？赶紧还回来！’他们只是在那里吹口哨。后来科里亚来了。我又对他们说：‘知道谁在我这儿吗？’‘知道，’他们说，‘现在我们就还给你。’他们把板子运回来，并卸了下来。我装腔作势地说：‘把它们放回原处，一层一层摞好。’他们就把板子都摞好了。冬天来了，在下第一场雪的时候，廖乌什卡来我这儿抓兔子。他很喜欢我的狗。卖给他就卖给他吧！但根据当时苏联的习惯，出于尊敬，是不能跟他要太多的……有什么可尊敬的，他那么令人尊敬的名字都不能让仇人们把板子还给我。‘不，’我说，‘把狗卖给你，我又能得到什么呢？’他走了之后，科里亚来了，也说：‘卖给我吧！’当然，我没敢拒绝，毕竟他是律师，是一个有用的人。两周之后，大雪覆盖了道路，出现了狼的脚印。我把狼引来，喂了一段时间，再送去了莫斯科。我把狼的事告诉了我的律师。‘哦，’他说，‘差点忘了，

---

1 俄寸，俄罗斯长度单位，1 俄寸约等于 44.45 毫米。——译者注

2 俄尺，俄罗斯长度单位，1 俄尺约等于 0.305 米。——译者注

廖乌什卡说，如果你来了，就一定要去找他。’我想起了狗的事，心一沉。‘能不能不去？’我说。‘绝对不行。’我就去了。刚开始我很高兴，廖乌什卡只是谈了狩猎的事，没有露出不悦的迹象。然后，他突然问：‘你为什么把狗卖给了科里亚？’我沉默了。‘这意味着，他对你更好吗？’我心里想，难道我不是狗的主人吗？我不能把狗卖给想卖的人吗？对于他的问题，我回答：‘如果他对我更好呢？’‘更好？’他说，‘那也就是说，我们之间完了。’我起身说：‘尊敬的廖乌什卡，我不依仗你生活！’”

列宁深水区

拉新嫉妒地听着他对手的故事，对方刚一讲完，拉新马上说：“这算什么！我来讲！那是在犹太结茅节前后，通常，在这个时节我会在花园里储备一些活鲫鱼，因为临近这个节日时，犹太人会为了买鲫鱼而开出很高的价钱——你要多少，他就给多少。我正打算去莫斯科，正好这时有一个人说：‘明天猎人们要到你这儿来，你跟他们客气点儿，他们之中有一个人是伊里奇[1]。’第二天，伊里奇真的来了。我先开口说话：‘我有鲫鱼，但我得去莫斯科，我的儿子可以接待你们。’伊里奇严厉地看了看桑卡，皱着眉头说：‘太年轻了！’我说：‘虽然年轻，但是别人都不可靠，他可是猎鸭专家。’”

1　指弗拉基米尔·伊里奇·列宁。——译者注

“现在就让他讲讲是如何带领伊里奇的。桑卡！”

一个年轻人从茶室里走出来，直截了当地说：“我没什么可说的，我不会撒谎。我们坐上船，往深水区里划，我划着桨，他坐在船头，一言不发。”

“多长时间能划到深水区？”

“我们划了半个小时，因为水里杂草丛生，船上的人又很重要，怕给他弄湿了。”

“半个小时的行程，他就什么也没说，也没问？”

“没有，我自己都觉得很尴尬。我们划到湖里，阳光照进了湖里，显映出湖底的一个个绿球藻。所有人都赞叹于我们湖里的绿球藻，我想和他说：‘这就是我们湖里的奇观！’但是我看了他一眼，没吱声。”

“那他自己注意到绿球藻了吗？”

“我什么都不知道。他就坐在船头，一句话也不说。到了深水区，帐篷搭好了，他就坐到帐篷里去了。我对他说：‘弗拉基米尔·伊里奇，我就在这儿候着，如果有什么需要的，您喊我一下，我马上就到。’”

“那他说什么？”

“什么也没说！我划到了旁边的深水区。傍晚的时候，所有的鸭子都走了。伊里奇一枪也没打。早上的时候，没有一个人过来。太阳出来了，我去他那里，说：‘真是奇迹！一个人也没来？’他还是什么也没说。坐在船上，我们就划船回来了，就是这样。”

“听我说，桑卡，”我说，“《列宁深水区》这个故事里说过的每个词都会被记录下来，你能回忆起来最好，随便什么都行，哪怕是最普通的话。”

“他该对桑卡说什么？”桑卡的父亲插话道，“伊里奇的沉默是正确的。”

“我们还有另外一件事。一个老人拽着他的袖子，把他拉到自己身边：‘伊里奇，我需要跟你谈谈。’然后老人把他领到了圆木墩那里，他们坐在圆木墩上连续谈了两个小时没有停歇，一会儿谈这件事，一会儿谈那件事。这个老人把所有的一切都转达给了伊里奇。”

菲列伊

有一个很普遍的现象，许多猎人总是会聚到一起，争先恐后地讲述着不同的故事。话题一开始的主要思想，到最后也都抛之脑后了。无论是听众，还是讲述人，都已记不起。今天的谈话开始于菲列伊，那个在没有向导的情况下想凭借一身结实的肌肉去沼泽湖寻找绿球藻，最后没有找到科曼基洛夫草丘的人。我提醒大家回归正题，拉新非常高兴地讲述了这个故事。菲列伊穿越一个个深水区后，彻底迷路了。此时太阳出来了，天气转暖，马蝇像乌云一样汹涌，将菲列伊团团围住。这个德国人被这些巨大的马蝇吓坏了，弃船逃跑，他光着身子游过了一个个深水区，一直游到了洪泛区。当他游过洪泛区一俄里的时候，再也游不动了，马蝇耗光了他所有的力气。他回来时，像刚从果汁里出来一样。我们找到了他的船，上面还有他的衣服。过了一段时间，他又要求："给我看看俄罗斯的炉灶。"我们给他看了，他非常惊奇并把它画了下来。然后他又要求："给我看看俄罗斯的澡堂。"我们带他去了澡堂。他又把澡堂画了下来。"现在，"他说，"请帮我套匹马，我想骑马。""那绿球藻呢？"大家问他，"你可以去看看。""不，"他说，"我不想看，那儿的苍蝇太大了。"

IX. 技巧的展示

就在这里，在恢复杜布纳经历的工作中，最让我兴奋的就是发掘冰河时代的遗物——罕见的、不寻常的绿球藻，但是这项工作却突然被中断了：我被叫去签订我第二本书的出版合同。我正好利用这次机会，把最著名的大作家们聚到一起，给他们读一读《丹顶鹤的故乡》，一章一章地读，从“马克西姆·高尔基纪念日”读到“列宁深水区”。一直读了近三个小时，但是大家都听得很认真。我读得非常顺畅，而且我也开始明白，这种关注对我的工作非常有益。突然，从讨论创作中自我探索的这一章读到为了研究杜布纳边区而进行的探险的这一章时，发生了些什么，而碧绿色的球形草丘让大家想起那本写有我为了小圆面包而前往北方的童话之旅的书。开始读“康斯坦丁诺夫斯卡亚山谷”的时候，我不仅是读得更轻松了，甚至是读得很愉快，就像是坐着不错的汽车沿着平坦的公路行驶之后，坐上座位柔软舒适的飞机起飞了。在这一刻我才明白，我对前面长篇大论的关注要归功于作家的社会文化修养。怀疑的蠕虫正啃食着我，让我对第二部分的成功产生了怀疑。当然，它要比实际情况好很多，轻松的阅读让人想起了主人做的美味晚餐，这顿晚餐保留了简单而慷慨的老俄罗斯人好客的所有魅力，就像沼泽湖能让人想起绿球藻来。

当我全部读完的时候，一位集诗人的天才、母亲的温柔和女主人的优秀于一身的漂亮女人邀请我们入席就座。一段时间里，大家对我的作品都保持着沉默，但是当吃饱喝足之后，一位经验丰富的作家、大师，直言不讳地说出对我作品的第一印象。他说："这只是一种技巧的展示。"

我大吃一惊，甚至有点儿受刺激。国内创作界的混乱无序是我工作的动机，对于异教的控告和密谋抱有不满，我怀着极大的热情，将辩词都写进了我的作品。然而在所有努力之后，我的作品实际上还是非常形式化。我太天真了。我对形式主义者说："实话实说，我没有读过什克洛夫斯基的作品，我只是按照自己的技巧进行创作。"

形式主义者非常巧妙地掩饰了他刮净胡子的脸上流露出的淡淡笑容，对我说："艺术家没有实话，即便有，那也是一种技巧。你有什么可不安的？你所做的一切都很棒，在对康斯坦丁诺夫斯卡亚山谷和那些绿球藻给出精彩又与时俱进的论述之后，在人群深处，在小酒馆，都散发着熠熠的光辉。毫无疑问，这都得益于技巧的展示。五年前，我也曾经试图在我自己的小说中运用这种精彩的技巧……"

我只好捋了捋胡子来掩饰自己抑制不住的笑：我理解形式主义的方法，这种方法的缺点是使用该方法之后不能对其进行评价，也可以将其认定为一种人们寻找全新方式的动力。

在形式主义者之后，一位非常著名的剧作家发言了，得益于自己非凡的天赋，可能，他从来没有考虑过任何技巧。

“你的作品的确很好，但是，从我忘了吃晚饭的时候听的那一章开始，所有那些关于创作的论述……就都不是艺术。”

话音刚落，马上就有朋友出来为我辩护。其中一人以陀思妥耶夫斯基的《群魔》为例，说那部作品的开头也有许多枯燥的内容，但是之后的内容仍引人入胜！而多少富有天赋的、闪耀的内容奉献给了这些书籍！

“毕竟，在最开始，”他说，“作者有时间像普通人那样生活，但随后他一定会迷失在自己的作者身份中。”

最后，一个善良的朋友，始终在努力地调和着双方，他对我说：“你需要把你的负荷以某种方式重新分层。”随后，气氛在美味的食物和红酒的作用下越发和谐，大家都开始惊讶于我塑造的日常形象，甚至形式主义者也会亲切地对我说：“我现在明白了，这个技巧是无意识形成的，这就是你跟那些把它当作方法的人的区别。也许，这就是我没有完成我的小说的原因。您与什克洛夫斯基没有渊源，却与喜剧《穿靴子的猫》的作者蒂克相似。在这部喜剧中，技巧被运用得极其巧妙，而在您的作品中，用俄语，显得有点笨拙……”

“我也觉得，”瓦切斯拉夫·什什科夫说，“您应该重新整合一下结构。”

X. 丹顶鹤的快乐

俄罗斯人民总是不能完全地拥有豌豆，更有甚者，在做丰收的祈祷时，老农民们还得祈祷给小偷的那份。都说这种事常常发生在种苹果的农民身上，偷窃苹果往往是因为贫穷之类的云云，但事实并非如此。我曾经去过一个村庄，那儿的每个农民都有一个不错的果园，而且没有发生过偷窃，就像在德国一样。总的来说，我们从前和现在都没有太大的变化，对于中间层次的财富的所有权非常稳定，而额外的财富的所有权，是它们的所有者通过某种外力所获得的，而不是通过同胞们内心的信念所获得。我有这样一个东西——"波吉克"小船，我曾在我的《贝伦代之泉》一书中描写过它。冬天的时候，我用马车把它从佩列斯拉夫尔运到杜布纳，从那时起，我就再没消停过。这也好理解，在偌大的佩列斯拉夫尔湖上，所有的船都得小心停靠，而我的船可以载八个人，这让大家都艳羡无比。不过它现在不在我这里。有人来我这儿，跟我说，渔夫把它划走了。这没什么，等渔夫回来，还可以拿点渔获，用你的船出去，总会给你带点好处回来。有时甚至有酩酊大醉的顽徒之辈，坐在船上，穿梭在芦苇丛中，得意扬扬地唱着《布琼尼骑兵》。所有的事我都忍了，一切都还好。但是，该发生的还是发生了，有一天我出去没看到我的船，问：“谁把我的船划走了？”“妇女委员会。”也就是说，妇女委员会并没有事先跟我说，就把我的船划走了！我可以原谅人们的鲁莽，但是无法忍受女人的鲁莽，我的某种古老的抗争本能被激发了出来，我把船锁在了康斯坦丁诺夫斯卡亚的牧师的棚子那里，并在那儿留了一个人，我自己则住在列米佐夫的小旅馆里。外号为“喇叭花”的人很快就露面了，他的手里拿着绿色的桨，光着脚，裤子湿湿的，但外套却很好。更奇怪的是，他灰白的头发理得很短，也因此，他晒得黝黑的脸让我想起了某位熟悉的将军，或者是伊万诺夫的画中被买卖的奴隶。我们还没走到船那里，这位狡猾的“喇叭花”就开始试探我的政治倾向。明明已经过时了的“布尔什维克”，如今已经被“共产党”所替代的老词，他每走一步就重复一遍。我对这种讨厌的不真诚感到厌烦。而当他谈到宗教，说压根就不允许向上帝祈祷时，我打断了他的话：“谁能禁止人们私底下向上帝祈祷，这跟布尔什维克又有什么关系？”

“喇叭花”一时间大惊失色：“难道我反对苏联政府了吗？”

我重复了一遍他说的话，问道：“那要怎么理解？”

“喇叭花”想了一会儿，回答道：“当然，没什么好隐瞒的，我跟当局作对，但我也支持它。您说什么呢？”

我很难接话，就这样我们坐上了船。拿着船桨，我说：“好吧，上帝保佑！”

“喇叭花”很高兴地接受了我的“上帝保佑”。

“这句话没别的意思，”我说，“就是一种习惯性的表达。”

"不，没这么简单，" "喇叭花"摇了摇头，"是水。"

"什么？"

"是这样的，在主显节的时候，我们视水为圣水，正是因此，所有人在水中都会想起上帝。一个顶级的共产主义者来打猎，他否定世间的一切，而当他坐在上船，肯定会像您一样说一句：'得了，上帝保佑，喇叭花！'"

我们沿着康斯坦丁诺夫斯卡亚山谷低矮的岸边前行，这里素来以沙锥鸟在猎人圈中闻名。在这些地方流传着这样一句话："这里只有穿沼泽地靴子才能走。"我在这儿也不止一次地听到这样一句话："穿普通靴子根本没法走。"可见在这里走要多费些工夫。云飘了过来，雨落进了杜布纳河里，一道明亮的彩虹落在了绿色的沼泽上，照亮了整个牧群。在彩虹的尽头能够看到一个人，看上去不是很有经验，好像不是本地人，穿着靴子踩着牛蹄印前行，他陷在了蹄印中，无助地叹着气，一些牛在他周围，它们尖尖的细蹄很轻易地刺穿沼泽的泥浆。一个男孩骑在一匹没有马鞍的骏马上，对于马来说这很容易：这匹马很轻松地，用自己像锥子一样强健的腿，在沼泽的泥浆里自由地信步，走得甚至还十分优雅。还有一个女孩，提着裙角，像动物一样，毫不腼腆地成功穿越沼泽。所有的一切，在明亮的彩虹下都是那么优美，即使这个被陷住的人，也并不遗憾。不过他自己也有个小失误——为什么要在这么暖的天气穿靴子呢？

沿着杜布纳前行，我将自己的彩虹从这个山丘投向那个山丘，我努力地在阿尔帕托夫的个性中找到一个冰川百年漂流作用于大地以及世界文明作用于原始民族的和谐时刻。在我眼中，此时船夫的声音在彩虹之下一刻不停，他的声音却不像是一个将军，而像是一个奴隶。这是怎样的一种分裂！在我的内心深处，任何时候都无法相信他，因为他狡猾又邪恶，他会歪曲一切，欺骗我。他是一个天生的掠夺者。当湖面下降的时候，他憧憬的不是金色的草地，而是又能捕获到的鲫鱼。他从工程师那里获得了拆除大坝的丰厚报酬。如果他家附近的水干了，而其他地方都被水淹了，那么他就会赞成排干湖水。我在小本子上记下：

“‘喇叭花’对阿尔帕托夫做了很多讨厌的事，把他当作一个普通的绅士或者知识分子，但是阿尔帕托夫预见到了他的每一个行为，并让他好好工作。”

这只是与开阔的山谷在彩虹下的短暂会面。很快，我们就进到了一个原始沼泽森林。我们总是被缠满了葎草的赤杨挡住道路，船在深水区被水草打得直响，渐渐淹没在众多开着的睡莲之中。岸上非常泥泞。我们艰难地在一些光秃秃的树根上安顿下来，忍受着篝火的浓烟，才让我们一整夜免受蚊子的侵袭。经过了漫长的斗争，我才勉强睡了一个小时。我的思想连同我的意志，也得以睡了一个小时。而心脏一直在工作，它整夜无眠，创造着梦境。我不相信解梦者。在我心中这些曲折的路上，我是唯一理解自己的人，我不能带着任何人漫步，也不能向任何人诉说，因为我的思想沉睡着，静默不言。只有在此刻，在思想醒来，弄清楚心脏整夜独自加工的材料时，才能利用这点，让所有人都能够从思想、意志和心脏的晨间和谐中明白一些宝贵的东西。难道我们预想的和谐不是从这里得到的吗？我不就是应该在这里寻找冰川和文明之间的被阿尔帕托夫创作个性所融合的和谐吗？在这个黎明前的时刻，我的梦境里的一切都变得像迷雾一样模糊不清。然后我感觉自己身体里的一切都涌了出来，然后又回到我身体的原处。到了天亮的时候，我明显感到全身发冷，周围的一切渐渐变得清晰起来，像我的身体一样真实存在，而我的全身，则像升起的日头一样发烫。

所有人都觉得，破晓时，像是东方泛起鱼肚白，实际上并非如此：东方的天是整个天空中最晚变白的。开始有些泛红，就像在深夜的道路上，发现红色的亮点，然后你问，有电的城市是不是在那边。城市的上空总是红色的，映着电光，这种电光其实是人造光，这种现象其实也是人为现象。因此，东方——最远的地方，在破晓的时刻被阳光照亮最早变红。但是在森林里，东方泛白就不会随之引起什么变化，因为早上在那里还被认为是深更半夜。这很有趣，我觉得我比鸟兽们都更早地发现黎明。

我把手放在耳边，像猎人那样，倾听远方松鸡的歌声，分辨树叶的摆动。四处一片寂静。“喇叭花”也仿照着我的样子，把手掌靠近耳朵。

“听到了吗？”

“听到了，”他悄悄地说，“某个地方的白杨在晃动。”

突然，一只鸟叫了一声，春天的时候，猎人靠着这种叫声判断松鸡的踪迹：春天的时候这种鸟还能唱歌，但现在就只能一声一声地尖叫了。耳朵轻松地听到了白杨摇曳的声音，东方的红点迅速地变白，星星变得暗淡，夜色渐渐褪去。我们的白杨出现了，夜褪去了衣物，颤抖了起来，向世界洒下了露水。早晨将我们都染成了湛蓝色和红色。第一个巢里的一只丹顶鹤叫了一声，第二个巢里的丹顶鹤回应了它，然后就是第三个巢里的。在杜布纳，这个丹顶鹤的故乡，这里所有的鹤巢，在我的听力所能达到的范围里，当太阳升起时，它们一起叫了起来。

XI. 扎莫什耶[1]

我们是在一个小河湾里见到这片芦苇的主人的。小河湾是那么静谧，以至于当船碰到了岸边的草丛，声波从一部分芦苇传到另一部分芦苇，就像海浪一样，这惊动了芦苇的主人。最有可能的是，它以为是狐狸，就离开了岛上的巢穴，扒开芦苇往外看。那时，我们离它就十来步远。我的天呐！当这芦苇的主人与地球的主人面对面时，它是多么的惊慌失措，从水草间逃跑。这里的水草差点儿把它的翅膀困住，最后终于成功逃脱，飞到了森林里。但是它在空中还是有一种尴尬的感觉："终于成功了！"

从这段深水区，我们抄近路进入了一个狭窄的沟渠，这个沟渠是人们在沼泽上建起来的。沿着沟渠，我们穿过了一段狭窄的通道，通道内长满了赤杨，以至于根本无法从水面判断水况。但是，这正是杜布纳的主要通道！看到杜布纳之后，我们继续沿着这条通道前行，很快就发现了一个河滩灌木丛中的被开垦过的小岛。在这个很有可能是冰川源头的小岛上，就坐落着扎莫什耶村。就像大家说的一样，一旦一个护林人在这里定居，繁衍生息，最后这里就形

---

1 扎莫什耶，俄罗斯沃洛格达州索科利斯科耶区的一个村庄。——译者注

成了村落。一个人接着一个人，一个区域接着一个区域，扩展到了边缘，到了深水之下的流沙沼泽，没有粮食可收，没有牲畜可放。土地，当然被划分，因为有沼泽！但是，人们总是能够适应。他们用犁沟隔开洪泛区，沿着这些水渠行进：人在船上划，牲口在后面跟着耐心地游，用优雅的尾巴驱赶着牛虻。现在，可以骑马进入扎莫什耶，不过还不能像别的地方所有位置都可以一路贯穿沿道通过。这里的栈桥修得很完美，有桥梁，有坚固的路堤，工程师设计的栈桥笔直地延伸向远方，像一支箭一样。

我不止一次来到扎莫什耶附近的深水区猎鸭，在这儿，我第一次出现了对阿尔帕托夫的创作冲动。要知道，大自然的创作是在没有我们人类的监督下开始的，而我想让阿尔帕托夫的工程，这个传播文明的事业成为自然界本身最初的自然延续。把尚且还是模糊轮廓的东西变成某人清晰的想法并传递给别人是如此之难。

曾几何时，坐在独木舟上，在深水区某处的灌木之下，水草从水里长出来，水面飘着白色的荷花，头顶是芦苇的“军刀”和它们那黑色的香蒲，像炮弹一样，野鸭子时而轻声啼啭。而一段掺杂着猜想的回忆隐隐约约地浮现，仿佛这一切只存在于自己的脑海中，仿佛这一切都是我自己琢磨出来的，我在自己的回忆中看见了自己。我产生了一种在库兹涅茨克桥上的感觉。就在某一天，我从深水区来到了库兹涅茨克桥，那时，对我来说，人群中的每一张脸就像人类不断创作出来的化石。站在人群中，就像站在芦苇荡里一样，我从他们之中产生了一种很好的感觉，也因此对别人产生了兴趣，也许，部分是源于爱。应该给予阿尔帕托夫我能呈现出的最好的样子。如果我只是一个编辑文字的俗人，而他有一个商业转型的世界，我该怎么做到这点呢？我触动了自己，触动了文学上的自我，精神上，我又回到了扎莫什耶，在那里我发现了一个源源不断的语言的源泉，在那里我理解了一个蛰伏着的伟大计划。这些沼泽里的泥炭，看起来像泥一样，却存储着太阳的能量，可以让大城市运转许多年。

我记得，我最后一次坐独木舟沿着支流来到这里，是因为栈桥能一直通向扎莫什耶，我想看一看这条在这个地区被议论纷纷的新路。著名猎人马克西姆·特鲁诺夫带我来到这里，我觉得他是一个非常崇高的人，总是热情洋溢，真诚得罕见，也不是一个穷人。在离莫斯科不远的地方，能够如此完美地保持着自己的天性，着实令人十分惊讶。但是在这里，当你这样说起时，没人会觉得惊讶——“没有孩子，”大伙说，“就养活自己和妻子，要是我们也那样，我们也能过得很好。”就是这位马克西姆叔叔，在我上次来访时，饶有兴致地给我讲了他是如何救投机分子的。

那时，还没有栈桥，贸易已经开始了，一条鲫鱼能卖上一百万卢布。有天来了一个鱼贩子，请求马克西姆叔叔把他带到沼泽湖找渔夫。正好那里发生了一场激烈的打斗。马克西姆叔叔把侄女和鱼贩子送上了独木舟后，就往打斗的地方去。而马克西姆叔叔刚离开不久，沿着河汊子前往深水区的时候，他就听到从旁边的河汊子传来了侄女的呼喊声，好像鱼贩子在对她行凶。只听她歇斯底里地喊道："救命啊！"马克西姆叔叔知道一条狭窄的近路，于是他赶紧划桨迅速地到了这个地方。他看到侄女和鱼贩子的头都露出了水面，两个人的手都抓着赤杨的树干，原来是他们在一起呼救。是啊，他们怎么能不喊？独木舟沉了，他们还能做什么？岸边比水里更可怕，都是稀泥，稀泥下面又是深渊。马克西姆叔叔马上划桨过去救侄女，鱼贩子双手扒着船边，水马上就灌进了独木舟。这时马克西姆叔叔设法把船桨伸到鱼贩子的头上："我救小女孩的时候，你先坚持一下，你要是再动，我就用船桨往你头上来一下子，让你再也起不来。"

救上小侄女之后，马克西姆叔叔又费了好大劲把鱼贩子拉上船，他全身都发青了。

"他们的天性啊，"马克西姆叔叔说，"像一个小木楔子似的躺在独木舟上，我把他扶回了我的小木屋。在春天的冰川水里，他会冻死的。"

鱼贩子坐在板凳上，垂着头，虚弱地说："请给我细绳。"

"真是个奇迹，"马克西姆叔叔想道，"可能是出于恐惧，他要'细绳'。"

"伏特加吗？"马克西姆叔叔问，"你想喝吗？"

"不，"鱼贩子说，"我根本不喝伏特加，请快点给我拿细绳。"

马克西姆叔叔的妻子给他拿来了一小轱辘细绳。

"太少了，"鱼贩子说，"再多给我点细纤绳。"

再次把细纤绳给他拿来后，他又要钉子。

"这，"马克西姆叔叔想，"他肯定是疯了，他想上吊。"

但是妻子还是给了他钉子。然后他突然就活过来了，满屋跑起来，在钉子之间绕细纤绳。最后，他从所有的口袋里掏出了一捆捆湿钱，挂在细纤绳上面。小木屋里变得很有意思，到处是蓝色、红色、绿色的钞票，鱼贩子一直跑来跑去，吹吹这个，吹吹那个。

在扎莫什耶，所有人都知道马克西姆叔叔怎么救的鱼贩子，他们还讲了许多其他的事情。上次来的时候，这样的故事我搜集了一大筐，沿着栈桥走的时候，我变得格外富有。在自己的文学财富的影响下，我看这条长长的栈桥的眼光也变了，整整沿着它走了一俄里，满心的幸福。

当然，在道路刚刚通行的时候，这是多么大的一件事啊！牛没有在水里游，而是在路上一起走，女人们都从房子里走出来，像别的村子里一样，这时她们手里拿着长杆，热烈地争论着，牲口们在叫唤。这在扎莫什耶是多大的一个节日啊！女人们满脸灿烂的阳光，牲口们也在欢快地叫唤！几个世纪之前，别的地方就开通了高速公路，然后开通了铁路，蒸汽船在河流上轰轰作响，空中出现了飞机。银行家们坐着飞机飞在空中，通过无线电发出信号，向他们的办公室发出指令。有了那么多令人诧异的离开地球的能力，但是飞行的乐趣却所剩无几——在机舱里颠簸得太厉害了。最后，为了打发无聊的飞行时间，他们开始通过无线电给熟人和亲属打视频电话。就在这个时候，文明抵达了扎莫什耶，村民们得到了栈桥，这就是为什么他们如此欢呼雀跃，这就是为什么牲口们如此欢快地叫唤。

XII. 老杜布纳

在我对文明这个概念刚刚有所认知的时候，俄罗斯社会对文明的认识不是按照奥斯瓦尔德·斯宾格勒[1]所确定的非物质文明标准，而是源于格列布·乌斯彭斯基[2]所提出的物质文明标准，即著名的“煤油灯”文明理论。煤油灯本身就是一种文明。而斯宾格勒所提出的“文化即文明”这一观点只有在“煤油灯”时代结束后的诗歌中才被人们认识。我觉得在这个问题上我获得了极大的满足感，因为对这一问题的答案没有像杂志中的猜字游戏那样，谜底要在下一期揭晓，而是我在自身生活过程中思考和顿悟的结果。我们生活中如果做得对，不一定会有奖赏，但是如果一旦做了错事，那就注定会受到惩罚。这种惩罚不是小藤鞭式的抽打，而是前人无法想象的一顿棒揍。因此，在我刚刚对文明问题开始思考的时候，我就接受了“文化即文明”的观点，而对“煤油灯”物质文明理论嗤之以鼻。我的这种思想被认为是错误的，我也因此受到了惩罚；新

1 奥斯瓦尔德·斯宾格勒，德国著名哲学家、文学家。斯宾格勒的著作《西方的没落》把文化和文明视为“生命有机体”放在同一个有机过程来理解。他将每一个高级文化的历史都区分为“文化阶段”与“文明阶段”。他认为文化的过程才最有价值，文化的成果即物质文明没什么意义。——译者注

2 格列布·乌斯彭斯基，俄罗斯作家，倾向于民粹主义运动。——译者注

的时代来了，煤油灯的时代结束了。但是对于普通人来说，时代的变化无关紧要！突然有一天，人们想起了长久以来人类形成的生存技能，于是出现了松明灯和歌颂松明的诗歌。在一所乡村学校，我在松明灯的灯火下给学生们上课，我被熏得头疼，这并不是因为松明产生的烟，而是由于柴火在烧旺之前，被烧热的柴火架散发出来的难闻气味。有时，一个普通的小东西，在亮度上相当于一个松明灯的一根木条发出的小火星，那么这个小东西就被当作幸福之物；有时，在城里买到一瓶煤油，把它和一份燕麦口粮放在一起，步行背回来，想象着能在明亮的煤油灯下看书时的惬意，就会对煤油产生由衷的好感。煤油的气味，原来对我而言是最难闻的气味，何时突然变得好闻起来？！因为煤油决定了我的身心是否健康，是否能享受到光明。与文明相连的东西不仅仅是煤油，还有生活中的各种必需品，如混纺布、皮革、木柴、烟草、纺线以及带有一种奥地利火石的打火机。即使它们微乎其微，但是也与我们的生活紧密相连。在这种关系的基础上，这些物质不再是脱离我们的单独存在的物质文明现象。这种关系现在对我来说就像飞机一样，它是按照我还未认知的原理在飞行，但是它已经是一种文明现象。一旦我能坐上飞机飞向自己想去的任何地方，那么飞机作为一种现代文明的典型事物将从我脑海里的文明事物清单中消失，并会成为帮助我创作这本书的一种良好的精神文化：我或许能坐上飞机飞到莫斯科，去各大图书馆里搜寻各种关于文明概念界定的资料。

在这些极端化的假设之中，会有一种肉体和精神或者说物质和精神合二为一的感觉，这是我们习惯的一种二元对立划分。我十分珍惜这种合二为一的感觉，这种物质和精神的统一是我对所经历的事物的理性思考。但有时候我会认为，这不过是我自己的一种臆想，这是我安慰自己所受屈辱的一种精神上的自慰。在人生的道路上经常会遇到一些问题，遗憾的是，这些问题是否能够得到解决取决于日常生活中各种微不足道和变化无常的因素。有时，由于两种解决方案的冲突，你会处于没有思路而停滞不前的状况。在这种情况下，就会出现一种外在的、供参考的方案，这时，我就会深入研究、沉迷其中，完全不考虑那些曾经困扰自己的问题。或许，你会因此而进入其他人所研究的领域，也或许，你和别人的研究结果出奇地一致。要想解释这种巧合，你就不得不承认发生了奇迹。有时候，问题只能依靠自己去解决，但是再过十年八年，你会突然发现自己曾经的想法十分幼稚。我在这个护林人后代所居住的岛上发生的故事就是这样一个例子：在这个岛上，我产生了一种熟悉的幻觉——这个紧邻莫斯科的原生态岛似乎下沉了……

不熟悉这里的人甚至都发现不了离开这个岛的出口，很奇怪，山丘上的黑麦种得越来越低，相反，锉草和芦苇却越来越高，沼泽植被逐渐被茂盛的灌木丛取代。停靠着独木舟的地方，仿佛根本看不到水的痕迹。这个码头有个古老的称呼，叫伊萨迪。独木舟借着水草的力下到小水潭，进入到灌木丛中，这里是一段非常变化莫测的水带。

我的船非常沉，很难被推动。就在我们刚刚抓住船尾的时候，一个拿着公文包的年轻人向我们走过来，热情地深鞠一躬。他的脸是标准的农民的脸，黝黑且毫无修饰，就像刺柏一样，但是眼睛却不像是农民的眼睛，也不完全像是城里人的眼睛，这双眼睛很特别，混杂着农村和城市双重的神情。

对于大外交家和受过教育的政治家来说，向大众隐藏国家机密是他们必须具备的能力，这已经成为他们的第二天性了。那种训练有素的、具有迷惑性的外在谈吐，对于那些不明真相的人来说，是十分迷人的。在普通的民众中，现在的外交官和政治家的目光中都有一种坦率却又复杂的神情。这个陌生的年轻人向我介绍自己是基层组织的秘书。我介绍了自己的名字。“我知道。”他说。然后他请求跟我一起坐船，说他早就想看看挖掘机是怎么工作的了。

对于猎人来说，在所有的眼神中，最不喜欢的可能就是双重神情，但是，很奇怪，他的公文包却引起了我的好感：这是一个破旧不堪的公文包，这个公文包上的红色完全不是当初漆上去的颜色，而且由于长时间的风吹雨淋，它是那么单薄，我觉得，那里面甚至连一张纸都装不下。我对公文包的怜悯，很有可能是按照文学传统，来自果戈理的《外套》这部作品。但是，其他不从事文学工作的人之所以怜悯，可能是因为从一个破烂不堪的公文包能够看出，它的主人在这种沼泽地区工作是很不容易的。

“您为什么拿着公文包？”我问。

秘书回答道：“我刚开完全体会议。”

他坐在我对面的长凳上，拔出缆桩，借力于沼泽中的小草丘，帮着“喇叭花”推船。

不管公文包有多破，秘书的眼界还是要比“喇叭花”以及所有的当地人都要开阔得多的。我甚至可以用数据给他解释整个淹没区的集水区大概有十二万俄亩，还能一起设想挖掘机挖通新的河道的伟大时刻，那时将会建起新的主干道的堤岸，老百姓用排水沟网把沼泽罩上，沼泽中的死水就会顺着伏尔加河欢快的河水流向遥远的里海。

“挖掘机是苏联政府最好的宣传员。”秘书对我说。

当这里还生长着月桂树的时候，我曾谈及地质史上那些遥远的日子，时间转向了那一刻。当冰川开始逼近的时候，所有的一切都被毁灭，所有的一切都被翻掘，重新出现了山丘，然后冰川退去，重新开始升温，出现了短暂的富饶！冰川退去，地球生命中最近的这一秒开始了——我们的人类文化。

“相对于地球的一生来说，这也就是一秒钟。”我说。

秘书眼中复杂的双重光芒渐渐消失了。他领悟着，明白了自己是多么幸运地遇到了某个伟大的专家同行。但是“喇叭花”像是被野兽冒犯了一样，绿色的眼睛中露出毫不掩饰的愤怒，大喊道：“不可能，我不相信！”

“这不是我自己说的，”我说，“这是成百上千的科学家研究出来的，上万本书都发表过，被翻译成了各种语言。”

“那又怎么样？”“喇叭花”大喊，“我连广播都不信！”

秘书开始耐心地给他讲解广播，为了证明，举了很多例子。

他说，有一些不相信的人特意跑到了莫斯科，从那里通过无线电与自己村里的人连线。

但是，我在这漫长又完全混乱的解释中明白了，秘书已经忘记了那个他刚刚离开的世界。“喇叭花”去莫斯科卖过上百次的鲫鱼，在所有的广场上，他都能听到扩音器放出的声音，你觉得他会真正地不相信广播吗？他笑嘻嘻地听着解释，当看到秘书筋疲力尽时，他又火上浇油：“用镭制造无线电……我甚至连空气都不相信！”

“空气，”我问，“我们呼吸的空气吗？”

“不，”“喇叭花”回答道，“我们靠空气呼吸，这个我信，我不信的是它是由什么构成的……”

“是由氧气、氮气和水蒸气构成的吗？”

“对！对！”“喇叭花”高兴地说，“我相信我们靠空气呼吸，但是我不相信它的构成成分。我也不相信这个‘秒钟’。”

“哪个？”

“就是你刚才说的，人类生活就是一秒钟。”

我完全明白，“喇叭花”嘲弄了这个学术严谨的秘书，但是，一个胸怀宽广的人，忙于人类社会的大问题，根本不会去在意一个怀有恶意的人的嘲弄的。一切都简单而有趣。我们愉快地沿着河道湍急的流水进入了广阔的格里巴诺夫斯基区的杜布纳。当机器将新的主干河流笔直的堤岸建好时，我没有立刻去赞美。不！谁知道？也许，沼泽会因此变得干涸，不可食用且毫无用途的锉草会取代现在茂密又有用的芦苇，在被迫去挖排水沟时，老百姓会不满，甚至可能会闹事，而我所描写的那些老杜布纳的美好回忆只会在这些懒惰和无知的火焰上浇油。一个世纪足够了！我等待那个时刻，全国不仅只有一台古老的减震漂浮挖掘机在工作，而是上千台机器以胜利的姿态在同时工作，就像曾经美国的蒸汽机和轮船时代一样。而当一切都干涸，我会写一本描述格里巴诺夫斯基区杜布纳曾经美好的回忆录，让人们去怀念失去的东西，用我的创作去使它复活，去创作一个新的美好的世界。现在我不能写。深表怀疑的“喇叭花”正用他那双绿色的眼睛，用讥笑的目光看着我。我应该去保护秘书红色的公文包和全国唯一的、破旧的减震漂浮挖掘机。

格里巴诺夫斯基区杜布纳的岸边就在不远处，我们停在水里，能够看清厚厚草丛下的宽阔的小河湾。小河湾上覆盖着莲花，有雪白的，也有金色的。小河湾里才是真的热闹非凡，在这些花草中，我能看到的不仅有大型鸟类，还有小小的鸭雏，白鹭站立在那里，就像女子学校的校长站在学生们的舞会中一样。这所有的一切倒映在平静的水面上，倒影几乎拉长到了我们这里。我们船下的景色同样美好，杜布纳河深处的景色就像天堂一样。我自我陶醉着，想象着我们坐着飞机飞上了云端，给朋友写了一封不署名的信，假装是从飞机上写的一样。

“太美了！”秘书说道。

就在这时，我们这儿最漂亮的一种鸟——黑琴鸡，从岸的这边飞到那边，从这片森林飞到那片森林。

“这是黑琴鸡！”为了回应他的这一句“太美了”，我对秘书说道。

“就是这样！”秘书非常高兴，笑着说道，“它们总是井然有序的。”

“喇叭花”冷淡地回答：“哪儿的黑琴鸡都一样。”

我指给秘书看：“这是鹬！”这种鸟就像孩子们的玩具一样，总是晃来晃去的。然后又给他指着一种蓝色翅膀的鸟：“这是松鸦！”还有白鹭一如既往的漂亮。一条大狗鱼像一艘潜艇一样从我们的船下游过，而小狗鱼可能是从某处逃出来的，又或者是在追逐某个猎物，跳出了水面，直接落到了我们的船里。

秘书像个狂喜的小孩，这个土生土长的村里人仿佛是第一次看见大自然一样，一个劲儿地赞叹着：“太美了！”

这对我来说并不新鲜：村子里的人，除了渔夫和猎人，在如此诗意的环境下生活久了，就看不到大自然了。我自己也是，永远也说不出自己家里壁纸上的花是什么花。莫斯科人也看不到莫斯科丛林带的丛林。当你离开了家乡，离开了熟悉的环境，你才能看到它。也许，这就是为什么我第一眼就对红色的公文包感兴趣：它带着秘书离开了农村，现在又让他对这里的一切都感到惊奇。

XIII. 新杜布纳

老机械师叫米哈伊尔·帕尔费内奇·巴弗努奇耶夫，他与阿尔帕托夫不同，实实在在地在杜布纳的挖掘机上工作着，实事求是，从不会昧着良心工作。虽然他拿铅笔的手指都在抖，但是给出的答案总是很精确的。没有人比他更适合在报社记者面前高谈阔论了。就是他，在内战时期政府更替的时候，拿到了列宁的委任状，他基本上是在远东地区把机器偷运来的，从阿穆尔州肩负着重任来到了杜布纳。列宁希望这个中央工业区域能够对工业化提供足够的支撑，就像在远东地区一样，所以，无论机器是否有用，都必须马上供应上。

于是米哈伊尔·帕尔费内奇就带着机器来到了这里。

我略显不安地问："现在，我们这样的机器多吗？"

他颤抖着手指回答："就一台。"

"这机器，可能，很旧了吧？"

"这是减震的机器。"

我有点困惑。他解释道，这没什么，现在，这台机器的所有部件都是新的，如果哪个部件坏了，马上可以换成新的。唯一怕的是它沉没了。

“那就把它捞出来呗。”我说。

“怎么把它从泥炭层里捞出来呢？”

他的手指又颤抖了起来。

真的，怎么捞出来呢？以防万一，我暗自记了下来，因为，谁知道呢，阿尔帕托夫也有可能陷入这样一种处境当中，就是他可能不得不放弃自己的梦想，向人们开放这片金色草地，那样的话，他很可能会将挖掘机埋葬。就这样，通过米哈伊尔·帕尔费内奇的话，我想到了创作中的隐秘不安，而不是宣传工作。在老杜布纳深水区，由于茂密的灌木丛，我们向前望去，什么也看不见。就在这时，挖掘机的轰鸣仿佛就在我们耳畔响起，此时的快乐让我们无暇去思考。我们急忙努力前进，前面又被一个拦河坝挡住了去路。一阵手忙脚乱之后，我们找到了一个合适的地方，把我的船拖过了拦河坝。在这里，我们看到了一个全新的河岸，还有一个活跃着的庞然大物——挖掘机，它的链子一直在轰轰作响。灌木丛下那些紧密相连的赤杨，连同上面的泥土，都被这个带有铲斗的巨大铁臂连根挖起，大铁臂看上去足有上百普特[1]。大铁臂探到水里，在水坑中一挖，装满铲斗，然后把铲斗拉出来，倒到一边。大铁臂在由于积水而变得非常泥泞的沼泽岸边停了下来，铲斗底部打开，一小堆泥炭掉落在沼泽岸上，然后铲斗底部砰的一声又合上了。大铁臂继续去水里挖起来，在之前的那堆泥炭上又多了许多泥炭。大铁臂这样

1 普特，俄罗斯重量单位，1普特约等于16.38千克。——译者注

重复了六次之后，在我们眼前，就出现了一个新的黑色堤岸，然后大铁臂又转向另一边，又在水坑里挖了六次，在另一边又出现了一个新的黑色堤岸。

我们上了一艘机动船。在一位年轻工程师的陪同下，我们直奔新的、笔直如箭的黑色堤岸。这些笔直的河道蕴含着一种美，到处都非常漂亮。你可以在大雅之堂思考这种美的起源，因为大自然是不会直接告诉你任何东西的。在老杜布纳之后，就在这里，没有时间踌躇，一条人类意志转变的直接路线自然而然地与自然事业结合了起来，并且已经将这份事业完成。许多贯穿老杜布纳的分支河流汇入笔直的主干河流。我们总是可以看见这些老河段的分支河流，把最后一滴水送入新河里。那是旧世界彻底毁灭的画面。曾几何时，赤杨灌木丛若有所思地垂在野鸭们栖息的深水区的花丛中，而如今树根光秃秃的，就那么悬在那里，有一些还横七竖八地倒在那里。深水区的河底已经露了出来，河底倒着泛黄的芦苇、香蒲和各种沼泽草类，它们泛着深秋时的颜色，它们都曾经生命力盎然，像带着锋利刺刀的军队一样。我乐此不疲地惊叹着古老的河流上的白色睡莲，对我来说，没有一朵莲花可以与这里莲花的神圣白色相媲美，它们都无法与这简单而异常庄严的花朵相比。我曾对田野上的百合花说过爱的情话，现在我改变了主意：看一看这睡莲……而且，我在其他任何地方都没像在杜布纳一样，见过这么多这种睡莲。现在，在这干枯死寂的深水区，植物水下部分的根茎像手臂一样粗壮，蜷缩着，又像动物的肠子一样，有的地方是黄色的，有的地方是蓝色的，还有紫色的，孤零零的，倒在腐泥里。旧河道被破坏，加深的新河道的岸边断断续续都是旧河道的断面，从这些断面中散发出碘的味道，就像在海岸边一样。

兴致勃勃的我坐在机动船上，快速地沿着笔直的河道前行，虽然我也注意到了这一切，但是我并没有对这些莫斯科丛林中死去的树木感到十分痛心，因为扎莫什耶村村民的生计与这里太息息相关了，他们只会为这座桥梁能够让牲畜更快地到达草原而感到兴奋。我觉得，任何一朵睡莲都不会彻底死去，它一定会在未来某个人的作品中得到重生。

我们在新河岸那里停了下来，望向一个小村庄，那里多沼泽的草原已经受到了河道的影响。在我们面前，一辆马车缓缓经过，车上的货物用草垫子严实地盖着。就在这片沼泽地上，我们绕着马车走了一圈，鞋子都没有弄湿，马车主人说："您看现在这儿多干啊，这要是以前，您就得脱鞋走路啊！"

秘书开心得像个孩子。从他看到挖掘机的那一刻起，我就失去了这个喜欢聆听我们这个星球历史的、好奇又满心崇拜的听众。当然，之前是因为无事可做，而现在，我们已经在这里了，所有的一切，对于他的未来都再适合不过了。所以，之前重要的自信又出现了，他鼓着肚子，眼神中那种双重的光芒又出现了。

我们进入了这个小村庄。男人们都聚集在一起，开始给我们讲述自己的生活。马车紧随我们也进了村。车主从草垫子下面拿出了一只陶土公鸡，他居然用陶土公鸡上的四个琴键成功地演奏出了一首歌。孩子们聚了过来，然后妈妈们也出现了，给孩子们一人买了一个哨子。但是公鸡、鸭子和溜冰鞋都是不卖的，主人用它们来换破烂儿。随后，村民从四面八方拖来了肮脏的垃圾，腐烂的污秽污染着空气，这些垃圾即便是在农村贫瘠的土地上也没有任何用途。我甚至觉得，当女主人把这些垃圾拿出来时，房子的窗户都变亮了。马车越来越沉重。最后，这位乡村清洁员清理了整个村庄，把所有垃圾都装上车，再盖上草垫子，用绳子把马车绑好，出发了。他走之后，整个村庄的孩子们都拿着公鸡和鸭子，穿着溜冰鞋，吹着哨子。

我充满钦佩地看着这一幕：把破烂儿变成了孩子们的欢乐，同样，也为自己创造出了一种可以把沼泽地变成文明之地的神奇能力。坦白地说，我自己也跟清洁员要了一只断了鼻子的鸭子哨，自己也吹了吹，现在这个可爱的小东西还在我的房子里，时不时地就能看到，而且谁第一次见到它都一定会吹上一吹。但是，因为这迷人的哨声，我几乎没有听到秘书和当地百姓的任何谈话内容。好在，我记得一些他谈到的集体、拖拉机和用挖掘机改造沼泽地工作的内容，非常有实际意义。

然而，男人们似乎已经习惯了来访的演说家对未来幸福的慷慨陈词，并没有认真听秘书那颇有价值的讲话，他们的目光总是追随着用破布打扫屋子的女人和欢乐的孩子们。秘书接着说："你们看，草地现在有点枯萎了！"

男人们回答："不是一点儿，而是相当枯萎，感谢您。"

“请感谢苏联政府，”秘书回答，“我没有什么可给你们讲的，就一句——挖掘机是苏联政府最好的宣传员。”

他是对的，我想，给他们派来一百辆悬浮的和陆地的挖掘机的话，这些人会对政府大喊“和散那”[1]。当“和散那”的声音响起，幸福立刻充满了我的灵魂，但是一切突然又从另一个方面呈现出来：现在老百姓见到的挖掘机，像个对他们无所求的地主一样，对他们无欲无求，全力帮助他们。但是当挖掘机破坏了主河道，需要群众为下一步的排水工作做出巨大的个人牺牲时，他们又会说什么呢？

回来的路上，我故意跟队伍拉开了一点距离，我想跟一位刚刚毕业于季米里亚泽夫学院的年轻工程师谈谈我这个不安的想法。后来，我发现，作为高级机械师的米哈伊尔·帕尔费内奇对这件事有跟我一样的焦虑。数千年以来，这些河流都自然而然地沿着自己蜿蜒的河道流淌着。它们好像只是假装服从人类造出来的笔直的河道一样。一旦让它们自己流一段时间，它们就会回到自己的河道上，那么笔直的河道就会被冲毁。将数俄里沼泽中的水都排空了的挖掘机，只有在群众都做好了齐心协力排水工作的前提下，才是个好的宣传员。如果留下干涸的河岸，那么有用的芦苇就会消失，取而代之的是没用的锉草。那时，该怎么办？如何用鼓舞人心的创作让百姓接受？带着这个问题，我们走近了还在送行的人群中热切宣传的秘书。

---

1 和散那，庄严的祈祷口号，一种简短的祈祷。——译者注

“怎么办？”我问，“怎么做，才能让挖掘机不像是地主老爷对老百姓的恩典，而让它能够真正地去激励每一个农民？”

“需要集体。”秘书回答。

人群嘈杂了起来。他们已经看到了那个由最贫穷的人组成的公社的例子。秘书解释了战时共产主义的错误。现在只能靠信念来践行。

在马达的轰鸣声中，我们坐上了船。我像往常一样，为鼓动者讲话中的老生常谈和人们狡猾的不诚实而感到沮丧，我暗示秘书，在集体的新宣传中，更有必要考虑组成集体的个体，而且不应该忽视一个事实，地球上每一个活着的人都必须走过一条虚幻却自然的个人幸福之路……

“算了吧。”秘书说。

“不能算了，必须解决这个问题。”

“这可以通过技术手段来解决。”

对于反对普遍存在的对机器的盲目崇拜，我可以说出很多。在我看来，政府的盲目乐观很大程度上就是源于这种对机器的盲目崇拜：拖拉机朝我们驶来，拖拉机帮我们评判是非……而我表示反对。就在这时，一个拿着镰刀的农民上了独木舟，他要去对岸，那里曾是卡拉布迪诺沼泽，那是一片出了名的泥泞之地。也许那里以前没人去割草，而现在，这个人就要带着镰刀去那里割草了，这不就是技术手段的成果吗？秘书注意到这个人，问他，为什么要带镰刀去那么荒凉的沼泽。他的解释是，田里的草不够牛吃的，他必须在天黑之前割草回来。

“去年没去那儿割过草？”秘书问。

“去年去的话，”这个割草的人回答，“我会淹死在那里。”

秘书喜笑颜开地说：“您看……”

而割草的人继续说：“你们可能也记得，那是哪一年，很不幸，我们在那里淹没了一辆马车，淹死了一匹马。”

“是去年，”我说，“前年呢？”

“之前没什么，我们一直在那里割草。”

秘书有点不好意思了。我们走访村子的时候，“喇叭花”在船头眯了一会儿，醒来后，突然说：“我不信。”

在大家面前，我不想让自己的盟友“喇叭花”再去反驳秘书。我笑着说：“不相信空气？”

“不，”他回答，“你们在谈机器。”

“那么你不相信机器，机器没有要求你相信它。”

“不，我相信机器，只是不相信通过技术的手段。”

我的顾虑是对的，我在愚昧的滑头中找到了一个盟友。

“这个同志说得对，”我严肃地说，“构成集体的人民可以通过科技手段改造全世界。”

“那又怎么样？改造世界是小事儿！”“喇叭花”说，“你试试用科技去改造灵魂。”

“没什么可惊讶的，”我对这个农民的想法产生了兴趣，“在饥荒年代，曾经有人从村子里带来了板油，随便拿什么东西都可以跟他换。小美人儿吃了它，立马就高兴起来了。”

所有人都很喜欢我的话，貌似我也没有什么应该回答“喇叭花”的了。但就在这时，从村子传来了遥远的鸡鸣。“喇叭花”注意到了，说：“就让小美人儿吃板油去吧，现在试试用技术手段让公鸡按照苏联的时间打鸣吧！”

我们都笑了起来，当然，又继续沿着杜布纳河向上走，朝着沼泽湖前进。

XIV. 绿球藻

春汛的洪水到现在为止还在沿着杜布纳河从四面八方向洪泛区汇聚而来，一直汇聚而来的小溪流往往对主干河流非常不利。主干河流的河水越来越多，河水溢出，然后不断地发洪水，这里就变成了洪水泛滥的地方，天长日久，就变成了流沙沼泽。有时人类居住的村庄与河流之间的流沙沼泽能宽达七俄里。杜布纳的支流之一——苏洛琪河[1]好像完全不急于穿越人类无法进入的沼泽森林，经常静止在那里，就像在沉思一样。苏洛琪河“沉思”的地方，就出现了湖，一个，两个，三个……小湖泊是如此之多，以至于它们都只被称为深水区，只有最后一个，也是最大的一个，与杜布纳相连，被称为沼泽湖，在那里生长着宝贵的冰河世纪的遗留物种——绿球藻。

继续深挖杜布纳河河底的泥炭层很困难，笔直的主河道穿过杜布纳所有变幻莫测的支流也很困难，但是真的不需要把苏洛琪河所有的湖泊系统，包括沼泽湖，包括它的绿球藻都连同杜布纳河一起改造。谁知道呢？也许这些对于科学研究来说会更有价值。进入

---

1 苏洛琪河，杜布纳河的第一支流，全长约 37 千米。——译者注

沼泽湖，我一想到，再过一些时日，某人的科学怪想就会把这个稀有的自然“纪念碑”变成数十俄里的泥潭，心情就很沉重。

我们靠近了一个黑赤杨茂密生长的沼泽岸。

“喇叭花”说：“那就是绿球藻，快看。”

我摘下帽子，用它挡住太阳，帽子的影子马上映在了水面上。在阴影处，透过透明的湖水，我在湖底看见了一些小球：它们就像古时的炮弹一样，一个挨一个地躺在那里，船的这边有很多，另一边也有很多。船静静地漂浮着，小球也不是完全静止的。水很浅，大概只有一米深。

“喇叭花”伸出手，把这个在阳光下闪闪发光的、令人惊艳的绿色“地球之心”拿了出来。

我高兴地喊了出来：“这才是真正的宝藏！”

“只有你自己这么想。”“喇叭花”把绿球藻中的水挤了出来，说道。他的手熟练地做着这些动作，然后把绿球藻放回河底，再去拿另一个，又挤干，重复着这样的行为。他说：“这难道不奇怪吗？你自己觉得，这是宝藏，你自己觉得……”

有一天，对于美，他突然产生了一个非同寻常的认识：美什么都不是，但是人们为美花费的钱绝对比有益的东西花费得多。在来看绿球藻的人群中，他总是能听到这样的话：“漂亮，真漂亮！”这让他产生了采一些绿球藻到莫斯科售卖的想法。

他提着篮子站在彼得罗夫卡街角的库兹涅茨克桥上。各色各样的人马上都围了上来，异口同声地问：“能吃吗？”

“不，”他回答，“这不是吃的。”

“那是干什么的？”

“就是好看。”

一些人大吃一惊，摇着头走了。又有一些人过来。

“吃的吗？”

“煮汤很美味。”

“多少钱？”

“二十戈比。”

不算贵。大家开始踊跃购买。突然警察出现了：“把你的营业执照给我看看。”

“这个没有营业执照。这个不能吃，不能煮，不能煎，它就是漂亮，其他什么用途也没有。”

警察拿了一个绿球藻，看了看，翻过来，挤了挤，用手指戳了戳，又嚼了嚼，马上吐了出来。

“对，”他说，“这东西对国家毫无用途，你不用为它交税。这东西也不能吃，没收它也没什么用，又不能打它一巴掌——东西是软的。不管怎么样，你最好带着这东西马上离开。”

“喇叭花”过了马路。人群又聚了过来，又是这个警察过来了：“我跟你说过！”警察抢过了篮子，把绿球藻都扔了出来，路人一阵疯抢。

从一个小岛那边朝我这边吹过来一阵和煦的微风，仿佛提醒我什么熟悉的事情，非常熟悉，但是，我不知道这微风在提醒我什么，转过脸去，又忘了。我只剩下一种清晨无论如何都想不起昨夜的梦境般的懊恼。于是，我又转向了风吹来的那一边，马上想起了《堂吉诃德》中的桑丘，以及我的整个寻找绿球藻之旅，非常的堂吉诃德式。

这个试图在库兹涅茨克桥上贩卖美丽的故事就像是桑丘给主人讲的众多故事一样。我能做的只有给“喇叭花”承诺一个美好的未来。

“再等一等，”我对“喇叭花”说，“这种绿球藻在地球上只在两个地方生长，一个是德国北部的湖泊，一个是我们的沼泽地区，我们这里的更珍贵，因为我们的位置更偏南一些。也许，我可以写一篇关于它的文章，在美国有人读到了，就会有某个有钱人为这些绿球藻和河里的野鸭花钱……”

“反正，”“喇叭花”说，“我们也得不到钱，这些鸭子都是国家的。”

“分配的农用地是干什么的？”我说，“你们这个猎人圈子的人也都把沼泽里的野鸭填补上，让这些都归你们所有。在芬兰的湖里，清一色都是乡村鲑鱼……”

我有点得意忘形了，完全忘了，我们的“桑丘”可要比西班牙的狡猾十倍。我还记得他那种谨慎又犀利的眼神，现在明白了：他曾经在莫斯科卖鲫鱼，现在日日夜夜地看着、等待着，等待着河底一干，就马上把所有的鲫鱼都捞出来拿到莫斯科去卖。他还给挖掘机提供柴火，拆除拦河坝让他大赚了一笔。他听了我的话，认准了目标，要是我听了自己的话，也会找准目标。当我们来到沼泽，我在角落里摆好桌子，摆上茶炊。

“等一等，”我对“喇叭花”说，“也许一切来得比我们想象得更快。”

然后我就开始写作。我身体里的时评家苏醒过来了，他相信文字就像身体一样有力，并且他在实践中寻找着幸福。我有这种彪悍，但是我总是克制着这种彪悍，因为我觉得还有更高层次的东西。但是这样的时刻出现了，我忘记了阿尔帕托夫和那个我写小说给他的远方朋友。当然，我写小说的时候要了小心机，在歌颂土壤改造专家的同时，我去问了自然遗迹保护专家，知不知道湖面在下降。我这样做，有我时评家的目的，因为我不能不去猜想，关于这个问题，是不是专家们忽视了，而工程师们有意绕过了。

这是一篇很短的小文章，大概也就一百二十行，稍后会刊登在《消息报》第三版的上半页，题为《绿球藻》[1]，下面的括号中写着：致自然遗迹保护工作。

作为一个小说家，我有几次非常挠头：我为什么要这么做，为什么要破坏我在这儿的平静的材料搜集工作，而且，这很有可能会毁掉我的小说，让我的小说变成我想写一本小说但是我没有成功的故事。但是，作为一个小说家和猎人，我为自己精确的瞄准和天真的简单而感到自豪，带着这种自豪，我指给科学家看：“您看，

---

1 《绿球藻》，原文题目为 *Claudophora Sauteri*。——译者注

叔叔，据说他们从您这里拿走了某种东西，难道这种东西对科学无益吗？”

报纸上，在关于人类物质生活的报道中，一篇关于水下植物的文章一经发表，立刻吸引了人们的眼球。到现在为止，还有可爱的女士们问我：“夏天的时候，您在报纸上为一种花呼吁保护，请问，它是什么样的……”

现在，当我在写这篇文章的时候，院子里已是凛冽的寒冬。昨天是我最喜欢的冬至，对我来说，这是春天开始的节日。莫斯科的客人来找我，我用自己的在杜布纳夏季漫游的故事招待他们，他们像相信一个作家那样相信我，也就是说，他们相信我，即使我胡诌八扯，那也是在某种可知的范围内瞎扯。当我完成了自己的小说，把绿色的丝绒小球放在盘子上拿给朋友们看的时候，我听到了一个失望的声音：“我就知道，是杜撰出来的。”

我展示着绿球藻。

“可能，是你自己用什么做的吧。”

幸运的是，我的客人中没有对大自然刨根问底的自然学家，所以也就不会费尽心力地去理解和惊讶好长时间了。诗人和艺术家们知道我没有在开玩笑，他们知道，这样的奇物真的存在于大自然中，所以像个孩子一样，从头向我打听，绿球藻的里面是什么，然后被深深吸引，再然后就是长时间的沉默……

“可不是吗？”一个人说，“这种神秘的东西为什么是圆的呢？”

可能，我们之中没有人设想过这个神秘的东西，但是，诗人瞬间将自己的想法强加给我们，于是，呈现给我们的就是，这个神秘的东西必然是圆的。神话学家和文学家开始探索绿球藻这个词的含义，他们从单词“claudo”（环绕）和“fero”（负荷、担子）中得到了答案：神奇的承载者，或者是宝藏。

我用我的小说来招待客人，大家把沼泽湖中这个绿色的宝藏一个接一个地传看着。大家都读了我的小说《恶老头的锁链》，都非常认真地听了关于阿尔帕托夫的故事，这种充满赞许的关注让我在把绿球藻描写成“地球之心”时，文思如泉涌。那么，我狩猎的乐趣、破晓时在沾满露水的花草间所有生物的苏醒、丹顶鹤交相呼应的鸣叫声、求偶的黑琴鸡的执拗、杓鹬意大利语式的鸣叫……这些又如何描述呢？所有那些无法完全传递出来的感觉，就像这些绿色的、圆圆的神秘之物一样，我也称之为绿球藻。丹顶鹤的叫声，如果让我用某个词来描述，那将是杓鹬意大利式的叫声——“咕呖咕呖”。而在破晓时分打破静夜的白杨沙沙声，我将这沙沙声描述为它在为大家讲述着这圆圆的、绿色的绿球藻：就让这绿球藻作为“地球之心”，蕴藏阳光的能量，蕴藏所有创作生涯的神秘。而且在描写绿球藻的时候，我还发现了一些创作的技巧。地球上所有指派给人类的事物都狡猾地具有矛盾的双重性，仿佛造物主创造它们就是为了取乐，完全是为了自己的消遣，但是，在将这些事物赋予人们的时候，都给它们附上了责任，就像涂上了沥青一样。就是因为这个，地球上的人的一生可以总结为一句话：“用你满是汗水的面容去赚取面包。”但是，绿球藻作为上帝的玩具被保留了下来……

而在我脑海中出现了这样的想法，为什么我写的小说不能像时评家写的文章一样，可以拯救一些人，或者也可以维护一些人呢？虽然时评家写的那些文章，到现在还搞不清楚是真话还是谎言。为了评定这件事，报社派出了整个调查专家委员会。在一部真正的艺术作品中是不可能存在谎言的。但为什么骗子能拯救一切？虽然我像写一篇政论文一样创作了一部真实的小说，但是为什么却不能拯救绿球藻珍贵的生命呢？

燕子用翅膀掠过平静的水面。在可怕的高空，强大的捕食者平静地盘旋。我觉得这些普通的燕子比天空中的掠食者更厉害，它们可以飞得很高，与强大的捕食者比肩，也可以贴地飞行，吓家鸡一跳，引起它们的警觉。贴着水面飞行是最难的，燕子这个最伟大的飞行大师失误了，在水面上留下了涟漪。我得比燕子更好地飞过地面，不引起家鸡的注意，也不在水面引起涟漪才行！

现在我察觉到了一个年轻读者的怀疑目光，他并没有跟随我一起去了解绿球藻，而是极力地抓住我的个别语言。

“您，”他问，“曾经说过，秋天前沼泽湖面下降，绿球藻都死了，而写小说是为了在冬至前后保护绿球藻，难道绿球藻在秋天的时候还没灭绝吗？”

我引用了小说里的那句老话：“绿球藻在是随着水位下降而消逝，还是及时止损得以存活？各位读者朋友，您将在下一章中知晓答案。”

XV. 马拉洛瓦[1]

二月兰

猎犬涅尔雷奥迅速地冲出去追我扔的面包块，但是当它跳起来去找面包块时，好像嗅到了什么。它聪明的脑袋马上开始转了起来。它停住，思索着，然后它马上明白了：有好吃的在身后。猎犬安静地、不停地嗅着鼻子，往回走，于是它迅速地找到了面包块。我又试了一次，它又马上冲出去，但是这次它却想了想，拉着我往另一边拽，我在那边发现了一堆垃圾。我一向禁止它在垃圾堆里找吃的，以免它感染寄生虫。把猎犬召唤回来之后，我坐在木桩上休息，一个护林员向我走了过来，我跟他聊村子里会不会有许多野味来让我驯狗，我们整整聊了一个小时这个话题。当我跟护林员分开时，我就把狗放开了，对它说："去吧！"它马上冲到了那个有垃圾的地方，让我厌恶的是，它不仅吃了，事后还在满足地舔嘴。也就是说，在我跟护林员谈话的一个小时里，它一直在憧憬着那些令我们恶心的东西。这让我很费解，它为什么偏爱这些恶心的东西。

---

1 马拉洛瓦，村庄名。——译者注

其实我们也常以同样的激情去寻找花的芬芳。在花草上，狗只会注意到刚刚路过的鸟兽分泌物的气味。我想，我们对汗水和其他分泌物味道的厌恶正是源于我们对花香的偏好，但是，我们的这种偏好从何而来呢？

纯洁勤劳的蜜蜂，只会与鲜花打交道，它们非常讨厌动物汗液的味道，以至于它们会冲向讨厌的气味的来源，刺入蜂刺而身亡。在幼年时期，我也有类似的强烈感觉，这使我现在特别能够理解蜜蜂。我在花园里长大，对花香特别敏感，就像狗一样，我可以从远处就辨别出我想找的花花草草的味道，然后马上找到它们。有一次，花园的园丁喝多了，他告诉我这个小男孩，今天晚上他会一直跟我的保姆在一起。我当时这种事一无所知，但是他给我看了一样东西，我隐约察觉到了这件事有多可恶，我感觉到了一种难以忍受的侮辱，于是我抡圆了胳膊，用一个大苹果打在他的脸上。当然，我为此付出了惨烈的代价。但是，这让我明白了，为什么蜜蜂会不惜付出生命的代价将蜂刺刺进动物汗味之源。也许自然学家在这种情况下会反驳我的观点，如果他有证据，那么当然很好，尽可以来反驳我，但是如果他没有证据，那么我觉得，这种自然生物的能力可以起到侦察员的作用。花的气味让我回想起了遥远的初恋，那时的恋情还不涉及性爱。当然，有一些花可以激发动物的激情，但这些都是自然界中的怪胎，只证明了动物世界和植物世界的共同起源。也许，人们嗅到鲜花的芬芳时产生的喜悦是源自某些不会爱的怪胎？我觉得，茉莉花有一种轻浮的香味，森林的紫茉莉隐藏了自己的动物属性，尤其是在接近末期的时候，也就是春天渐渐逝去、夏天刚刚开始的时候。它好像知道自己的这种罪过，在阳光之下羞于闻到自己的气味。但是我不止一次地发现，当茉莉最初的新鲜褪去，花瓣的颜色甚至有一点点泛黄，就在最后的几天，它便放下羞怯，甚至在阳光下主动散发自己的气味。那时就可以说，今年的春天彻底过去，一去不复返了。

当春天最后的躁动逝去，我非常淡然，春天的逝去是时间注定的结果，恐慌是徒劳的。我只想停下我四处的漂泊，找个地方安定下来，但是不能远离大自然。所以，我在这里选择了一个方便我驯狗的小村庄，定居了下来。有时，我会去很远的地方狩猎，打些野味回来，但是每天晚上，我都会回到我的小木屋里，躺在我的床上，写下的东西也越来越多。花香驱使着我到处走，让我成了一个流浪汉。现在，我把自己的粪便连同动物的粪便一起交给院子的主人。也许人们正是因为必须保存自己的粪便而定居了下来，地球也因此而暗淡了。

今天我带着猎犬出门散了一会儿步，手里拿着茉莉花，在阳光下，闻着它散发出的浓烈香气。我说："流浪够了，春天过去了。"然后，我便开始给自己找到一个地方，深入研究我的绿球藻。

尽管我很想，但还是不能说出我夏天定居的那个村庄的名字。就让一切保持原样吧，我会从另一个县的村庄的名称中选一个写下来。谁知道呢？现在内行人那么多，我的书很容易就可以找到出处，如果他们发现我颠倒了几棵树，或者在构建人物性格时从别的村找来两三个人写了进来，那么我在这个村里的工作就会变得很不顺利，就像所有的乡村诗人在自己的故乡一样，我会被认为是一个喜欢瞎扯的人。我选取了这个县的一个叫马拉洛瓦的村庄的名字，那里住着一个古怪的学者，非常像电影《皮克维克俱乐部》[1]的主人公：根据所巴列夫克（Соболевк）这个名字可以知道，在这个村子里有黑貂（соболь）；根据哈米雅科夫（Хомяков）可以知道，这里曾经有仓鼠（хомяк）；根据鲍伯罗夫（Бобров）可以知道，这里曾经有海狸（бобр）；而根据马拉洛瓦（Маралово）可以知道，这里曾经生活着马鹿（марал）。不记得我们是在哪个村子时了，一次我们打算前往马拉洛瓦，在路上，我们在一个岔路口处停了下来，想着走哪个岔路才能到马拉洛瓦。路牌上显示有两条路，上面的一条路显示通往卡拉别洛瓦村，我一点也不理解下面写的字：оволарам в агород。文盲车夫解释说，下面显示的正是通往马拉洛瓦的路。当然，经过思考之后，我自己也能破解这个字谜，但是正好，我们站在那里的时候，写这个字牌的油漆工走了过来，说村子里的人为了发音方便，叫这个村子为马拉尔。我马上猜出来马拉洛瓦在哪里，而油漆工自己解释说，这是"通往马拉洛瓦的路"（俄文：дорога в маралово），反过来写即为 оволарам в агород，应该往左边走。油漆工是想把字往左边写，这样，正好是朝着路的方向。一个农村的油漆工，简直是个发明家，他对自己的作品非常满

1 《皮克维克俱乐部》，喜剧电影，1986 年出品。——译者注

意，而我也忍俊不禁。

“写得太棒了。”车夫对我说，然后我们按照字母方向赶向了左边，朝着马拉洛瓦的方向前进。

现在，我把马拉洛瓦这个名字从那里搬了过来，开始在这里定居、驯狗和写作。对于那些从来没有在沼泽附近村庄居住过的人来说，最初的那段时间是非常艰难的：苍蝇、马蝇、蚊子、蜉蝣或者毒蛾，总之各种小飞虫。但是，这么多年来，我已经适应了这些小飞虫。在热的时候，我从来不出门，更大的原因是猎犬受不了马蝇，而我，在某种程度上是可以忍受蚊子的。对我来说，最糟糕的是家里的苍蝇，尤其是临近秋天的时候，它们像蜜蜂一样，乱刺乱咬。为了防蚊子和苍蝇，妻子把薄纱安到了窗户上：主动地防御苍蝇，苍蝇的数量下降了，我们也就适应了这里。我们拿来一个大布袋，把大布袋的四角挂上钩子，钩子再挂在灯上，然后把布袋敞口挂在桌子上方，布袋里装个盘子，盘子里放上加了大量糖的酸奶。为了防止布袋合起来，我们用木棍把布袋支开，苍蝇吃完酸奶之后，就会在布袋的内壁上睡着。到了晚上，我们迅速地把布袋取下来，把一大群嗡嗡作响的苍蝇扔到火炉旁，而钩子还挂在灯上，我在灯下写作，妻子也在灯下做点什么。清晨，我们的房东老爹把一大群死苍蝇倒给鸡吃，而女主人安妮西娅·叶菲莫夫娜熄了炉子，邀请我的妻子跟她一起做家务。

我们和这个家庭早就相识。由于误会，老爹曾被剥夺了选举权，我帮他恢复了这个公民权利。问题在于，在马拉洛瓦，人是会被特别地划分开的：被分成城里人和土生土长的农村人。曾经有一段时间，那些已经在城里站稳脚跟的人，来到村子里，盖了很好的房子，只有在节假日的时候过来散散心。那些没有更好的生活并留在沼泽地的农村人看到这么好的房子，是多么眼红啊！在革命时期，“幸运的人”被赶出了首都，赶到了沼泽地，他们被剥夺了选举权，这些人包括国家银行的厨师、酒馆老板、糕点师、染色工和花花公子，还有皮货匠，以及那些为女士们用死羊做羊皮手袋的能工巧匠。有能力的人都迅速地恢复了元气，糕点师一度成为乡执行委员会的主席。但是老爹在面粉店里度过了很艰难的一段时光，他胆小、老实，又不善饮酒，我必须得帮助他。现在他已经恢复了公民权利。像莫斯科所有的农民一样，老爹会说两种语言，一种是纯农村话，另一种是一种支离破碎的、类似于城市媒体式的语言。我恳求他跟我只说纯正的农村话，他同意了，只有在个别特殊情况下忍不住，虽然他总是在问：“我可以这样说吗？”

一次，我们跟他谈合作社中的徇私舞弊时，他兴奋起来了，没忍住，问：“请允许……”

“又乱套了！”我说。

于是，他说出自己的观点：“在我们那个时代，道德高尚的人都被困在监狱里。”

我问：“道德高尚的人是什么样的人呢？”

“这个您知道，”尼古拉·卡尔内奇回答，“乡下人只会做一件事，当你交代给他另一件事的时候，他就会很迷茫。这就像狗在追田鹬，这是智商问题！如果它去追田鹬，那么你可以训练它再去追更厉害的，去追野兔或者追狼。我是说，能不能训练一条狗去追狼呢？”

“就那样吧。”

“好的，就那样。那难道被训练为认准狼是目标的狗，不能去追田鹬吗？农民就是这样，像追狼的狗一样，而商人还能去追田鹬，而且，什么都会。”

然后，他开始讲他是如何像个小男孩一样被带到面粉店老板面前的，他是通过考试才进入了面粉店工作。

“通过考试进入的面粉店？”

“午饭时考的试。店主把我们两个小男孩叫来吃午饭，然后看我俩怎么吃东西。午饭之后，店主跟另一个小男孩说：‘走吧，你让我感觉不舒服，你吃得无精打采的。’”

“没通过考试？”

“没有。他对我说：‘你留下来吧，你吃得很起劲儿，也就是说，你干什么都行，你是一个道德高尚的人。’”

我每次狩猎时给老爹家的十五、二十卢布，对于他们来说，都是莫大的资助。大家对我都很照顾，人也都很好，但是别人都觉得，他们一家隐瞒了收到的好处。在我结账离开时，老爹一定会消失，我把钱都交给安妮西娅·叶菲莫夫娜。她每次都是开始拒绝收多余的钱，最后又拿了。而且每次都是谢廖沙送我走，谢廖沙是他们的儿子，一个二十岁的青年。他们还有一个女儿，叫舒拉，大概十五岁，非常可爱，他们都是很好的人。我像亲人一样跟他们告别，老爹从来都不在场。我渐渐地也能够猜到为什么总是谢廖沙送我走，而老爹在离别时躲起来。他们不能让老爹一个人带钱进城，全家友好地保护他免受伤害。当然，他躲起来是担心我给他钱的时候，儿子会粗鲁地抢过来，然后他的妻子就只能无助地哭泣。

之前好几次都是这样，但是我最后一次出发的时候却发生了这么一回事。午饭的时候，大家都好像刻意回避了，走过来的人不再是他的儿子，而是老爹本人。他从炉子里拿出瓦罐，拿来盘子，把面包切好。午饭之后，他套上马，穿好衣服，要和我一起去城里。

“这是造反了，还是改规矩了？”我想，“如果是改规矩了，和我一起进城，那我现在就该给钱了，为了让他免受城市的诱惑——他当然会把钱就放在家里。但是，如果我给钱了，那么这不是改规矩，而是造反了，那该怎么办？”

经过一番思考和拖延，我希望老爹像往常一样回避，而其他人都过来。但是一切都没有发生，我最终还是把钱给出去了。那时，我假装要对着镜子收拾一下，在镜子里，我能看到老爹在干什么，他随后打开抽屉柜拿出一个大皮夹。当他打开大皮夹把我的钱放进去的时候，我能看到里面有很多钱，可能是全家所有的钱。然后老爹锁上了抽屉柜，把钥匙放在了显眼的地方，这样家里人能在我们离开后马上就找到钥匙。

我很高兴，这样的事世上少有。老爹，当然是改规矩了。

会很长时间吗？

返回马拉洛瓦之后，我们不敢问安妮西娅·叶菲莫夫娜这件事，她只是告诉我们："老爹在磨坊。"

了解农村生活的人马上能明白这个答案意味着什么。对于一个喝酒的人来说，没有比带着黑麦去磨坊这件事更大的考验了。去磨坊，不仅黑麦没了，马也没了。毫无疑问，如果老爹在磨坊，那么，当然，这是进步了。很快，他自己回来了，他很高兴再次见到我，因为终于有机会用文化人的语言去聊天了。寒暄几句后，他说："一切邪恶都是源于没文化。"

安妮西娅·叶菲莫夫娜最开始根本什么都没留意，但是当老爹突然发表了"一切邪恶都是源于没文化"这个观点时，她认真地打量了他，坚定地说："难道我们的邪恶不是源于酗酒吗？"

这时，本应该沉默的老爹做出了相反的反应：他用同意妻子的话来掩饰自己的现状。他说："当然是源于酗酒。应该让我们的人民都接受教育，消除酗酒，那样我们都能过得很好。"

安妮西娅·叶菲莫夫娜用低沉的声音，向丈夫这个无可救药的人摆了摆手，然后看着丈夫的眼睛说："是啊，很好！"

老爹有点退缩的意思，决定改变一下态度："当然，我也不是说我们生活的地方完全好，差不多就行。"

村场院就在老爹家平房的对面，这太糟糕了。全村布局一致，每家房子的对面都种着一棵树：一些人家的对面是椴树，另一些人家的对面是白柳。高贵的椴树，当然是属于那些曾经的贵族家，也就是那些曾经的城里人，而平民百姓家的对面，则是白柳。随着树木的长大，树冠渐渐相连了起来，这面绿色的墙，在我看来，是为了保护对面的干草棚不受村里突然失火的波及。换一个角度想，这是不可能的，因为草棚和草棚之间的距离很大，但是小木屋和小木屋之间却紧紧相连。在我们房子的左边，在两棵树之间的细绳上挂着的是一个十二英寸炮弹的空弹壳，这个空弹壳起到了村民大会的大钟的作用。主席用棍子敲这个空弹壳，召集全体集合，召开村民大会，大家纷纷聚集过来，随意地坐在已经被村民的裤子磨得锃亮的圆木上。如果我打开窗户，就会听到村民大会上的所有声音。离村民大会不远，也是在树与树之间，正对着我的窗户的是一个挂着圣徒弗拉基米尔大公圣像画的小教堂。在这个小教堂里每年进行一次弗拉基米尔大公祈祷活动，为了纪念战胜某次远古时代的瘟疫。人们也在干旱的时候求雨，如果雨水多，那么就祈求不要发洪水。在沼泽地区很好的一点是，很少有干旱的时节。所以人们在这里更多祈祷的是风和日丽和硕果累累。人们也把牛赶过来，聚在一起，朝它们洒圣水。但是，这都是一年才有一次的事，而每天晚上小教堂的梯子和圆木上都坐满了村民，这里就成了村场院。

纽莎·弗法耶娃在这时往往是第一个舞者。在孤儿院里，这个女孩是年龄最大的一个，所以出嫁就变得很困难，又或者，没人会选择从孤儿院出来的姑娘。但是现在她都熬过来了，她自己异常尖锐的声音给了她力量。天色刚刚暗下来，夜晚的清爽让蚊子稍微给了我们一点点喘息的空间，我们决定打开窗，纽莎也走向了教堂，开始了她那鸟类求偶鸣叫般的歌声。从另一边传来了手风琴的声音回应着她的歌声，人们马上聚集到了小教堂。在年轻人还没有厌倦这单调的情歌之前，一切都挺好的。手风琴手突然停止了这个曲子，换成了另一首。年轻的姑娘们知道接下来是什么，继续用自己更大声、更尖锐的嗓音迎合着手风琴。男孩们最开始只是轻声附和，稳定又自信地附和着手风琴，但是渐渐地，在女孩们的歌声中，开始传唱起了一首下流的歌曲。

我们的窗户已经关了很久，上面还罩着一层纱布，纱布上方，用图钉固定着报纸。但是，从外面还是能够找到一些洞或者可以偷听的地方。当地人在窗户附近，可以听到屋内的呼吸声和窃窃私语。

为了训练猎犬，我必须得半夜两点钟起床，我尝试着早点睡觉，但是总是从外面传来一些声音：突然响起的手风琴声、女孩们尖锐的声音、年轻人的呼喊声……

第一个晚上过得很艰难，但是很快我就能睡得很安稳了，或许这是自我安慰，我就当这是村场院的小插曲。而且我知道，在这种喧闹中，最温情的小说正在上演。我的房东曾经在这片树下选到了自己的美人安妮西娅·叶菲莫夫娜。谢廖沙也马上就要有结果了：他开始穿上家里唯一一件贵重的衣服，这是老早为了他的婚礼而准备的，是一件狐狸毛的、像城里款式的外套。安妮西娅·叶菲莫夫娜今天悄悄地对我妻子说：“现在就得结婚，不然就一直穿着，这样的衣服能马上缝出来嘛！”

在梦中，对我来说，市井生活发生了变化，就像大家对着青鸟喊：“叽叽叽！”

在这片树下，在召开村民大会的地方，取代大钟的是炮弹的空壳，主席用木棍敲击着空弹壳的边缘，召集大家集合。天空下着小雨，没有人愿意早早地走出自己的小窝。主席穿着红色的驼绒外套，像个骆驼一样执着，根本没注意到雨，继续敲击着。我的房东拿来了茶炊，并宣布了一件大事：这次村民大会是为了土地测量员的到来而举行的，今天就要划分土地，农庄很快就要解散了。

“这样的话，有一件事儿是好的，”我说，“火灾的隐患会减少一点，不然你们就像生活在火山上似的。”

我的房东精神一振：“火山这个词只在受过教育的人的字典里存在，要是我用这样的词的话，只有在发表观点的时候用。”

“因为在火山上，”他效仿着说，“所以我们这里都受过中等教育。”

“为什么是中等教育？”

“非常简单，我们这儿没有能够让我们得到提升并教育彼此和谐相处的高等教育，我们这儿也没有初级教育，让我们像野兽一样彼此撕咬；这两种都是在莫斯科能体验到的，最终让人变得不伦不类。我们受到的是中等教育，就像生活在火山上。”

我们坐下来喝茶。天空渐渐放晴，主席更兴奋地敲着空弹壳，人们渐渐都坐到了圆木上。

“您这是干什么？”我对房东说，“农村政治急剧转向集体，您却要把农村划分成庄园。”

“我们之所以这么忙三迭四的，”房东回答，“是因为首都的政治急剧转变。您自己对农村生活是非常了解的，干农活跟在工厂里不一样，我们是不能按照上下班铃声工作的。”

“不对，”我说，“在地主的农庄里是按照铃声工作的：早晨敲铁片，工人们起床，干农活一直干到中午，然后吃午饭、休息，接着监工又去敲铁片……他们就是这样工作的，用这些粮食把城市喂得饱饱的，效仿着这种耕作模式，工厂也建立起来了。”

“工作倒是工作了，”房东表示同意，“工作喜欢傻瓜。最后的贫困和迫切的需求驱使着人们去工作，而但凡有一点点独立性的人都不会去上班。所以，现在我们需要去拯救城市，从按铃声上班的状态中走出来。他们说：‘那样将会变得富有！’就让他们那样吧！而我，好像对财富没兴趣。我的菜园子里现在有葱，我对葱不是很满意，我希望还有黄瓜。而当我有了黄瓜，我又开始期待圆白菜。要是所有的一切都按照铃声来，那我还能期待什么呢？”

琢磨着房东的话，我突然想起了自己的一个非常奇怪的梦：我因为训练猎犬，在沼泽地里耽误了一会儿，突然沼泽地里的人们开始割起了草，然后他们突然像马一样，用尾巴轰着马蝇。

“您生活在沼泽地里，”我对房东说，“得按照沼泽地里的人的思维方式思考。”

然后我又给房东讲了一遍我那个奇怪的梦。

“那怎么办？”他回答，“我就是这样，在莫斯科效力四十年，不管怎么样，最后还是得回到故乡沼泽地——你在哪儿生的，哪儿就是你的耶路撒冷。”

太阳完全露出脸来了。三只野鸭子从村子里晚上吃食的地方飞到了它们白天活动的洪泛区。我出门遛狗了。在村民大会上，某个问题正被热烈地讨论着，而当我一出现，有争议的问题就被搁置了，大家让我看向洪泛区那一边：“现在那里只有三只野鸭子能过去。”

“对，就是刚才！差点抓到了！”大家看看这只目标明确的猎犬，但是野鸭子飞起来的时候，它就那么一动不动地站着。大家说：“哎呀，怎么抓啊？”

我努力地把会议的话题转回到刚刚有关节日的热烈讨论上。由于经济原因，也是为了不折腾神父来两趟，大家老早就把弗拉基米尔大公日跟纪念战胜某次远古时代的瘟疫拉扯到了一起。现在，年轻人建议把跟畜牧相关的节日与其他节日也融合到一起：在彼得节[1]的时候纪念战争瘟疫，而完全取消弗拉基米尔大公日。“救牛的喜悦”这一说法虽说是在远古，可还是能够理解。但是，实在难以理解弗拉基米尔大公日的“牺牲”：很久以前，某个地主建了一个小小的教堂，在自己命名日那天，把自己的守护神弗拉基米尔大公的圣像挂在了教堂。大概得有两百来年，村民们每逢弗拉基米尔大公日的时候，都请来神父进行祷告。虽然确实很难反驳取消节日的决定，但还是最后敲定，取消弗拉基米尔大公日的一切庆祝活动。

1 彼得节，每年7月12日（俄历6月29日）主要流行在农村的节日。——译者注而现在，人们得在同一天向彼得圣徒、弗拉基米尔大公、佛罗拉和拉佛尔、家畜的守护神一起祷告。

尼古拉·卡尔内奇这时向我眨了眨眼睛，探过身子来，在我耳边说："我是说梦。"

"什么梦？"我问。

"行了，一会儿回家我再说。"

我又想起我那个沼泽地里的农民们长尾巴又长鬃毛的怪梦了。那一次我惊讶地注意到农民的坚持："用橛子是赶不走的。"鸭子也是一样，所有在路上遇到我的人，都看着我的猎犬，给我讲飞得很低的三只野鸭子："就在头顶上飞。"

一次，我不得不去一趟三俄里以外的另一个乡里交一些材料，再处理一些邮局的事宜，再去合作社看看能买点什么食物。按照之前那个农村的习惯，工作日的日出前我们就已经做了很多事情了，而在这个乡，天亮之后，生活才刚刚开始：看门人用他那白桦树做的笤帚清扫着走廊上的灰尘。墙壁上挂着卡尔·马克思、列宁和其他领导人的肖像画，在马克思的下方是这样一行字：保险经办人。除了领导人的肖像，墙上完全是由各种各样的海报组成的博物馆，来自人民卫生委员部的海报上是一个先进女性，手持鲜花，带着西斯廷圣母的光环，孩子们也拿着鲜花追着她，海报上写着：邮件和电报。所有的话语都准确地与下面的相关职务相符，就像保险代办人一样。墙上还有一个长得很像马雅科夫斯基的工人，肌肉丰满，看起来非常英勇，旁边是一个笑容幸福的男人，正和他的妻子一起把一枚硬币放进储钱罐。清晨，副主任坐在铺了红色桌布的大桌子后面。报社委派我写一篇研究用于杜布纳沼泽排水的挖掘机工作的文章，我把委任状拿给他看。

“挖掘机有进展吗？”

“正在轰轰作响。”副主任回答。

“别说谎，萨沙，”正在用扫帚往门外扫灰的老看门人阻止他说，“挖掘机已经搁浅一个星期了，一点声儿都不出。”

他们激烈地争论了起来，我由此明白了：无论是副主任还是看门人都不知道挖掘机的真实状况，但是看门人希望挖掘机搁浅，而副主任希望挖掘机轰轰作响，工作有所进展。当然，我持苏联的观点，希望能得到休息和把时间花在人的身上，我给看门人讲工业化和我们的经济对机器的需求。

“机器，”我说，“解救农民于贫穷之中，也能解放工人的双手，让工人们能去做别的事情。”

“这是对的，”看门人回答，“它能解放双手，以前我们这儿干农活的都是清一色的农妇，现在，机器解放了人们，所有人都从城里去了农村，和农妇一起坐在田间地头。”

副主任面带笑容地听着看门人说的话，然后，他看了我一眼，开始有些混乱地给看门人讲政治经济基本原理：挖掘机由五个人操作，而挖掘机完成的工作，一般需要一百个人才能完成。被解放的人们可以获得土地来进行自己的劳动……

我再也忍不住了，从那时起，我明白了一旦湖面下降，绿球藻就一定会死。我内心里其实是反对排水的：我自己都没有意识到，我此时正在搜集的其实是保护绿球藻的资料。

“不好意思，同志。”我对副主任说。

突然，我自说自话地如此令人诧异，以至于现在再也找不出一个人来对我做出哪怕一点反驳。我给副主任指出了那被稀有树林、帚石南和越橘覆盖的冰川山丘。这些山丘通常被带有泥炭沉积物的溪流所环绕——把泥炭作为肥料挖到沙丘上，要比在最难耕种的沼泽土壤中种植作物要经济得多。我还指出了一大片土地被灌木丛覆盖着，被家畜群践踏。这里只需要把灌木丛连根拔起就行了，这种土地绝对不比沼泽少。我们为什么要花这么多的钱来给沼泽排水，让生长着珍贵植物和生活着野生动物的湖水水面下降呢？只要有合理的经济举措，单从野鸭子这一项，就能够产生收益……

我一开始专心致志地说关于绿球藻的事儿，后来徒劳地说着关于鸭子的事。

“这就是我对大规模工业的理解，”我说，“它应该是保护和改造大自然，而不是破坏它。”

“我们的情况是无能为力的，”副主任回答，“如果我们期待着这样的工业，那么我们周围就会慢慢变得枯竭，最后就只能这样了。”

为了证明情况艰难，他以自己的生活为例：天不亮就起床，干点自己的农活，然后去上班，再然后晚上又得下地干活去了……

“哪里有八小时工作制啊！”

对此，我说，从社会角度来说，现状确实很艰难，那怎么办呢？得忍耐一下，这都是暂时的。如果不考虑群众，只考虑自己，那么出路一直都有……我自己就总是在想办法……

“那您想出什么了？”

“没什么。这是我从驯狗这件事情中发现的：驯一条狗大概花费一百卢布，而我一个夏天能驯五条狗。”

“一共五百卢布！”副主任惊叹道，“所以我经常觉得，我们的科学不足以让人们受益，有些科学完全是无用的……”

副主任是一个穿偏领衬衫、扎黑色腰带的年轻人，言辞温和。要不是已经跟我很相熟的支部秘书进来，我还会跟他们这么漫无目的地闲扯很长时间，因为他的进入，房间里马上热闹了起来。

“您不留在我们这儿吗？”他对我说，“最近怎么样？”他端详着我，突然开心地笑起来。

“都很好，”我回答，“还活着。”

“当然，还活着！”

出了门，在楼梯上，我看见了打瞌睡的看门人。在阳光的照射下，他显得格外苍老。

“哎呀，我睡着了，”认出了我，他对我说，“我昨天钓了一晚上鲫鱼。”

“渔夫！”我很为遇到了自己的同道中人感到高兴，“怎么样，鲫鱼大吗？”

“两磅左右。”

“太棒了！”

“鲫鱼很好，我给你点儿。”

他把我带到自己湖边的小木屋。老妇人开始煎鱼，他们用的是植物油，这很合我的胃口！

“那么，你完全满意吗？”吃完一条大鲫鱼之后，我说，“你不担心湖面下降，只留给我们一个干巴巴的湖岸吗？”

“那又怎么样呢？”他惊讶道，“站在干巴巴的岸边从池塘里钓鱼要更好一些。大概，池塘能留下来吧。”

我表示同意，说预计湖面会下降两米。

“就算三米！”老人高声说，“我永远都不相信，我们的池塘会枯竭掉。无论你怎么排水，池塘都会在。”

分别时，老妇人说：“上帝与你同在！”

然后她又突然想起来：“我这是说啥呢？您，可能，不喜欢么说吧？”

“上帝吗？”我惊讶道，“说什么呢，老奶奶，您看，我是个上了年纪的人。”

“我能看出来，有些年纪了，”老妇人回答，“不是您，可能，工作不允许……”

我给了不少钱。老人很高兴，一直把我送到门口：“不用担心，也不要怀疑，我们日日夜夜都在湖边，不管怎么排水，池塘都深不见底，任何人，多长时间都不会将它排干的。”

当我回到村里时，大家都在相互指责。没有人能给我解释清楚，为什么土地测量员突然间发火，丢下工作，骑着马就走了。从接待他的房东儿子谢廖沙的讲述中，我想象出土地划分失败的有趣画面。罪魁祸首是安德留什卡，一个手风琴手，从前旅店老板的侄子。村子里每个人都叫他共青团员，虽然两年前他就被共青团除名了，因为他在做伴郎时从他亲生父亲那里偷了三垛黑麦，然后打牌全输光了。我了解他，从他的脸上，你永远都猜不到他有什么花招，他说话得体，彬彬有礼。在开始测量让里耶林地的时候，土地测量员告诉安德留什卡，当他用仪器测量完了，他会喊一声，再需要安德留什卡回答一声，再继续往远处走。然后土地测量员架好仪器，记下数值，喊了一声："好啦！"

安德留什卡也回答了，但是发现森林里的回声会重复他的话，所以，他喊一声，森林的回声又会重复一声，只不过他是带着脏话回应的。当回声重复完了，村子里二十个小孩子又开始重复"好啦"，也带着脏话。

土地测量员制止了这句脏话，他叫住安德留什卡，训斥了他。

"去他妈的！"安德留什卡说。

然后他保证不再过多地重复"好啦"。但是，当土地测量员再次记下数值，喊出"好啦"的时候，他没忍住，爆发出了二十个回应，以及二十次森林的回声，还带着脏字。第三次的时候，土地测量员终于想出了一个方法——记下数值后，不要喊，挥一下白手帕就好。他要是不再喊出"好啦"，孩子们也就不敢乱来了。但是当他们看到了白手帕，明白土地测量员已经测完了，马上又异口同声地喊了出来，接着森林里传来此起彼伏的回声。土地测量员什么也没说，也没暴跳如雷，只是收起仪器，骑上马，走了。

“去他妈的！”安德留什卡说。

就这样，一天过去了。

“可能，结局是好的，”晚上，我对房东说，当马蝇安静下来，蚊子还没有兴风作浪的时候，我们出来，和他稍微在长凳上坐一会儿，“你们有划分土地的权力，你们永远来得及。”

“不，”房东回答，“您这是按照以前的方式来判断的，而在我们这个时代，今天允许的事，可能明天就取消了，或者他们下令，不让你自己做决定，你不要去看从前——苏维埃政府没有永恒的东西。”突然，尼古拉·卡尔内奇哈哈大笑起来，笑了很长时间，笑得都没有力气解释发笑的原因。原来，他想起来我的那个关于长着尾巴和鬃毛的农民的梦了。当房东平静一点了，我给他举了他邻居的例子，就是那个可以随意动耳朵的邻居。更奇怪的是，沼泽的居民，整天在马蝇和蚊子间工作的人，失去了尾巴。

“假设工作累了，”我对房东说，“就躺下休息，用尾巴给自己扇风。”尼古拉·卡尔内奇没有笑。

“不合适，”他说，“人在这个世界上是统一的，全都一样看齐。”

“统一，当然，”我回答，“但是，怎么理解统一？在城里很好，没有马蝇，但是对于农村来说，这种平等就不合适了。在沼泽地区，尾巴是非常必要的，您需要割草，而我需要驯狗。”

“无论如何都不可能，”尼古拉·卡尔内奇说，“如果不去城里，可能还会留下尾巴，但是我们每个集市都要去赶。现在我们在城里也很难，你自己也弄不明白到底失去了什么。现在我们是被牵着鼻子走。要是像刚才说的那样，我们就是既被牵着鼻子，又被牵着尾巴，还要被牵着鬃毛了。”

XVI. 老妇人小径

一段日子过去了，没有靠背的椅子也不再折磨我了。我的背不疼了，我也很少因为当地人每天晚上屏住呼吸扒在我的窗户上偷听而生气了。我睡得不错，纽莎·弗法耶娃不能每晚都喊得声嘶力竭，毕竟要顾及在我窗户下的所有村民、蚊子、苍蝇、牛虻和小飞虫。在我到这里不久后，就迎来了第一场大雨，这些小飞虫都冻僵了。渐渐地，我在湿地里养成了一个特殊的行走习惯。要知道，你要是站在湿地里那一大片凸起的小土丘上，你一定会陷下去，但是你要是踩在一个小土丘上，就变成你把小土丘踩陷下去。所以在过湿地的时候，你可以把脚放在一个最高的凸起处，但是你得熟记是什么样的湿地以及什么样的凸起。当你习惯了一切之后，你甚至会觉得在湿地里写作和你在办公室里一样顺手，而且没有成为剽窃者的风险——拿着材料，宣布这是自己的发现。

万物永远随着地球运转而气象万千，这便是最吸引我的地方。很多时候，沐浴着春光，我甚至试图创建自己的日历，但最终我放弃了这种计划，我意识到了自然界中与我的呼吸节奏相对应的两个时段：在这颗星球上，整个世界的呼吸方式与我完全相同，春季——吸气，秋季——呼气。这就是关于时间的一切了：地球一呼一吸之间，一年过去了。也许会存在一些依赖我生存的小生命体，我的一次呼吸，对它们来说，就像地球一年的呼吸之于我一样。地球内在的节奏使得鸟类也能让它们的普遍时间跟上地球时间；在秋季和春季，鸟类随着地球的呼吸而进行迁徙。因此，我认为，我们的艺术具有自己的内在发展规律，它产生于对世界重大局势变化的敏感，艺术在探索人类生存的永恒问题，无论是新问题，还是老问题，无论是转瞬即逝的还是永恒不变的问题。

聆听着地球的呼吸，我开始明白，为什么就算在诗意般爱情的最初，年轻人也会发誓永远相爱。在古代被奉若神明的历法，通过鸟类和人类的内部节奏来看，最终不过是某些机体的活动。

阿尔帕托夫的创作应该是他唯一的、异常强烈的初恋的延续，如果创作是由于内部节奏而伴随着这颗星球的永恒的现象，那么和绿球藻的相遇即是在冰川湖水下，与一个璀璨的、翡翠绿的、创造性的、永恒的相遇，可以瞬间打破阿尔帕托夫本人极富韵律的诗性中的行动和构思层面上不稳的常态，而“金色草地”将为他呈现一个小市民继承者的终极幸福天堂梦。

于是我走了一个小时又一个小时，推测着大时代的宏图，并一直盯着穿梭在稀疏树木间的白桦树皮色的狗。我看着周围的一切，突然间想问自己，我该怎么称呼这一切呢？——不是森林，不是湿地，也不是田野。当然，在很久以前，这里曾经有一片森林，然后经过刀耕火种，成了庄稼，再接着土地被遗弃，森林也没有再长回来，所以也没有什么可以再次燃烧。现在只有寥寥无几的几棵树，既不能叫它森林，也不能叫它田野，干脆就叫它烧荒地。

这片土地上生长着紫色的石楠花、稀疏的树木，以及红色的越橘果。穿过一棵又一棵松树，它们之间隔了很远。在这片柔软干燥的紫色和红色的花朵地毯上走了好几个小时，而另一棵松树，如此突兀地在空地上延展，看一眼就想在它下面坐下。坐在它光秃秃的树根上，就像坐在长椅上，紫色的石楠花和红色的越橘果触手可及。在远处，你可以隐约看到戴着白色、红色、蓝色等各种头巾的浆果女，有时，在她们散开时可以听到彼此的声音。一个女孩在呼唤她的母亲。当然，她是听不到她母亲的声音的，接下来我就明白了渺小生命在沙漠中被孤独裹挟时的恐惧。小女孩声嘶力竭地尖叫着，好像一只熊已经抓住了她的腿，要把她拖走杀害。她的母亲赶来了，对她大声呵斥一番，一切又恢复了平静。妇女们也没有再打破荒野的寂静，采集越橘果，就像松鸡和黑琴鸡一样。

我在树下坐着，觉得这片荒地好像有光。我感到满足，在一棵非常漂亮的松树下稍做停歇就继续上路。

因此，我再次走在紫色的石楠花、红色的越橘果和一些常青植被之间，感觉我曾经在地球上生活过，就这样，生活、痛苦、欢愉和死亡，却没有把我的死亡与爱联系起来，人们把这个理解为尘世间的谜语。而现在，我在这里可以轻易地给出答案，带着一股热忱在无尽的空间中行走，时不时地回忆着人间的生活。一切都得到了清晰的答案，而我在这里不知疲倦地走着，脚下都是紫色的石楠花和红色的越橘果，红色的越橘果多到完全覆盖了绿色的脆叶。而这时我想起了……

那些我爱得不那么轰轰烈烈的人在我的记忆中慢慢清晰起来，以至于我甚至可以用铅笔详细地描摹出每个女人。那个我记不太清的情人并没有在我面前出现，但我通过她那几个明晃晃的物件认出了她。就像太阳一样，本身就是一个闪耀惹眼的光圈。然而，在这团光线下，我能在不太喜欢的人身上发现那些不正确的和令人恼火的地方。围着她转的时候，就像死气沉沉的地球围绕着灼热的太阳运转一样。当然，我可以说她的眼睛是棕色的，她的头发是浅褐色的，她的脸颊是玫瑰色的，她的身材趋向于俄罗斯家庭主妇的丰满。我可以准确地描述她赴约时所穿的上衣、裙子和所佩的手帕。仅仅从她那件红蓝格子衬衫上，我就能回忆起当时遇到的风景、建筑以及表情的所有小细节。不仅如此，我凭借想象，还能把我踏过的所有土地、我这辈子去过的所有国家如实地展现在眼前。如果我有足够的经验，我想我会把整个地球画成一张脸。但是，这张脸，这张倾尽所有心血所描绘的脸，突然变成了一张俄罗斯妇女的最平庸的脸，这就好像一个巨大的太阳被简画成了一个很小的圆。我可以猜到我疯狂的原因：我就像一个盲人，不理解光本身的伟大，道听途说后，觉得自己“复明”了，理解了，开始管中窥豹，在太阳上寻找美丽之处。冥冥之中，我被一种知之甚少的力量从灼热的太阳带向了被照亮的物体，这时我才开始像人一样去感受，去好奇，去运用理智思考，简简单单地生活，不去在意明智还是愚蠢，不管怎样，只要活着……

我现在坦白这一切并不感到羞耻，因为这一切都是很久以前的事了，而我也不是唯一的一个，很多人会理解我，也会认识到自己的生活，甚至我所说的这个 “我”，是一个很久之前就已经被创造出来的“我”了。不过有时在我看来，我的特殊情况对一些人来说完全是另一回事了，就像我对数学和天文学几乎一窍不通，而其他人可以通过数学和天文学了解世界百分之一秒之内的运动。也正如一个盲人可以有敏锐的触觉来弥补他的视力一样，我没有数学和天文学方面的触觉，但是却有洞察世界的个人天赋。

理解经历，与这种情况相似：这种理解是在青春期的爱情冲动中，在寻求失恋的慰藉中产生的，它替代了失去的情人。但当你回忆起一切，深入思考后，便会发现这种损失在感觉的源头就已经注定了。如果你站在一个身着红蓝格子衬衫的女人那边，这就是一件烦恼和委屈的事情。而且无论怎样，跟我们有血缘关系的孩子和我们意识上的孩子都有着一个共同的来源。这可能是我们仍能以某种方式彼此理解的原因，诗人相信笔下的人物就像一个个活生生的人，而真正的人们在这些人物中认识自己。从这一切中诞生了我的天文学，在这之中，太阳取代了我失去的爱人。而在地球上，当然，通过太阳孕育的一切都与我有关。

有一条让人发疯的林间通道，将红色的越橘果和生长着蔓越莓的白色苔原地带区分开，它呈“之”字形，曲折到如果你在蔓越莓白色苔原地带中迷路，你将永远不知道你在林间通道的哪一边。去年，我经常在这里漫步，寻找“老妇人小径”，自从我来到这里后，就有许多人向我介绍过这条路。他们是这么说的：斯科里尼诺村的一位老妇人到谢尔科沃买蔓越莓，结果死在苔藓丛中再也没有回来。就是这样一位老妇人，他们也没有找过她。引用一句村里流里流气的小年轻们说过的话：“找什么找，人没了就是没了，就算找到了，她也很快就会死的。”老人们也做得不错：他们保持沉默，接着开始计算她的年龄，最后总结说：“老妇人已经到了垂暮之年。”

这样一来，在谢尔科夫就流传着一段关于老妇人的故事——林间小径，那条她最后一次走过的蔓越莓小路。我从一个猎人那里听说，“老妇人小径”的尽头是打猎的宝地。他向我娓娓道来，但就像农民之间常说的那样，他在讲的时候没有考虑到一个刚到这片森林的人。他提到了一条小路，说：“沿着它直走，不要转弯。”你会找到这条路，但是它四通八达，通往各个方向的其他道路似乎都是直的。我已经被这根鱼竿钓过很多次了，现在我在推断男人们的这种“直走”是从哪儿来的——从他们自己亲自走过的这条路，意识直接引导着他们走到了目的地，而忘记了从来没有到过这里的人，不知道目的地，做不到直走。我曾多少次在谢尔科夫周围徘徊，寻找着“老妇人小径”的踪迹！每一次的探索都是手里拿着罗盘，使我不重蹈老妇人的覆辙。我在搜索中多次遇到其他路人，放牧人在寻找奶牛，浆果女在采摘越橘果，有人在割湿地草，有人可能是在寻找野蜜蜂——而树林里的人很少，他们甚至都没有听说过“老妇人小径”。有一次我甚至有些恐惧。嗯……有一次，我走在某条小路上，我怀疑这就是“老妇人小径”，突然我看到小路上长出了粗壮且有一个人那么高的荨麻。我想："这就是说，当荨麻长高时，没有人能在它们之间穿过。"正当我思索的时候，荨麻丛中突然有了动静……没有什么特别的——荨麻晃动着，一只小鸟从中飞了出来。在湿地的树林里，我开始感到不舒服，在这种已经没路的情况下，人走一个小时就会感到筋疲力尽。周围的树木都扎根在一瘫黑水里，"老妇人小径"似乎近在咫尺："无论如何，你也会有这样的一条路。"我抓起罗盘辨别方向，但愣住了——没有罗盘。忽然，我听到一只黄鹂发出动人的鸣叫，我想，一只绚丽的鸟是不可能在如此可怕的森林里唱歌的。我直接朝着声音的来源处走去，看到了一群群金色的、叫声嘹亮的黄鹂鸟，很快我就来到了一片干谷地上。

在多次碰壁后，我终于遇到了一个人，他就来自老妇人所在的村庄，他向我指明一点："这就是我们一直以来的情况，这也是每一位出色的流浪者都应该知道的一个特点——你只需要知道每一个村庄边界的湿地、湖泊或河流沿岸区域就好，而在它之外的东西，这就跟它无关了。领地的尽头，就是一切的尽头。"

在我遇到的那个人的指点下，我来到了我曾经逃离出来的荨麻丛，这次我注意到一条迂回在荨麻丛外的小路。猎人是对的，这里有很多野物，我打了松鸡、鹧鸪，还侥幸打死了一只老松鸡。吃完老松鸡后，天气变得很热，携带着猎获的东西，我在茂密的刺柏树荫下安顿下来休息。

按照惯例，我的狗应该戴着铃铛，这样我就可以在茂密的灌木丛中靠听觉跟着它。奶牛也戴着铃铛，所以鸟儿并不害怕戴着铃铛的狗，可能误以为它是奶牛。妇女们在默默地采摘浆果，她们是看不到那条狗的，她们也会误以为那是一头牛。但出事了，我的肯达，一条灰白色的狗，戴着铃铛，跑到一个女人附近时，她吓得大叫起来。

“亲家啊！”

她听到了来自四面八方的回应：“哎哎哎哟，亲家啊，我的亲家啊！”

当然，我懂这种妇女间的“小九九”：听到一个女人的惊呼时，她们会站在她那边支持她，让敌人知道她们这些妇女并不孤单，她们有男人或者亲家的陪同。她们搞得十分卖力，周围的声音层出不穷，可以让人相信，每个人周围都有一个男人或亲家。为了让妇女们放心，我大声地叫着狗。但妇女们更害怕了。这种情况经常发生在她们身上，因为每个女人都想收集更多的浆果，她不知道自己贪婪的极限，并忘记了这一点。当有东西吓到她时，她就突然反应过来，自己好像不知道自己在哪里，也不知道白桦树树皮的颜色，以及脖子上挂着铃铛的生物是什么了。当“森林之主”提高声音后，妇女们开始惊慌，糊里糊涂地喊叫：“亲家！亲家！亲家啊！”

她们中的许多人大概是跑错了方向。离我不远的干草堆噼噼啪啪，我瞥到了一个穿着男人的靴子、系围裙、有点小毛胡子的老妇人，眼睛睁得大大的，一动不动。她就是这样一个可怕的老妇人。最主要的是她的胡须……我承认，我甚至有点害怕了，脑海里闪过那个死去的老妇人，要知道她一直没有被找到……

她弯着腰缓缓朝我这边走来。这就好似一个黑桃皇后[1]的险局。她突然注意到了我，吓晕过去了，倒下了，我急忙对她喊道："老奶奶，我就是一个猎人，没事，不要害怕！"但我没有听到任何回应，而且也没有看到她直奔我而来。在她看来，现在四处都是妖魔鬼怪在作祟，她疯狂地冲向它，就像进攻一样，在这个汹涌澎湃、摧枯拉朽的力量面前，老妇人前行着并祈祷着："上帝保佑！上帝保佑！上帝保佑！"

所有的妇女都在疯狂地喊叫和尖叫："亲家！亲家！亲家！"

有一位老妇人与我擦肩而过，她的篮子甚至擦过了我的帽子，她那死灰色的嘴唇不断蠕动着："上帝保佑，亲家啊！"

就在这时，我的帽子被篮子钩住了，我的猎帽挂在篮子上，跟着老妇人一起跑了。

我跳了起来，伸手去抓，没有抓住帽子，反而抓住了篮子，而老妇人因此突然……

瞬间就变了一个样：老妇人冲冠眦裂地看着我，怒火中烧的她似乎变年轻了些，甚至脸颊上还出现了红晕。她对我大喊大叫，完全像是年轻女人对一个放纵无耻的男人大喊大叫："啊啊啊！你这个无耻的男人！"

我对这个神秘的老妇人的恐惧消失了。

"我的帽子，"我说，"你把我的帽子拿走了。"

---

1 黑桃皇后，指普希金笔下的角色安娜·费多罗芙娜伯爵夫人，一位留着胡子的传奇人物。——译者注

她一把抢过篮子，看到我的帽子挂在篮子上，脸上便覆满了无数善意的皱纹，狡黠地看着我。我还在想，我刚看到的胡子是怎么来的，她明明只有一个普通老妇人突出的下巴。

老妇人注意到我脸上有些尴尬，赶紧接过话头说：“我看你是真的有点傻，脑子里都是花粉吧。”

妇女们开始聚集到这块苔藓上来，一切开始变得有趣起来。女人总是这样：如果看不到“森林主人”，她们就会害怕，如果看到，她们甚至会给他穿上裙子。一个恬不知耻的女人甚至试图抢夺我的枪。

“老妇人小径”包括一条长满青苔的小路，那里先是分出了无数条路，然后每条路也在荨麻之间分岔，所以人走的路和野兽走的路是很难区分的，甚至无法分辨松鸡走的路。这一次，我没有走小路，而是先走的林间通道，然后很快走到了荒地里，在冰碛之间下行，穿过下面的泥炭层，从中渗出的小溪里长满了黑赤杨。每一次当我下到黑赤杨里，紫色的石楠花和红色的越橘果从我眼前消失时，我就感觉我从一个视野开阔的遥远的大世界回到了日常生活中。

穿过泥炭层，我想：“在这些溪流中，大自然自己为沙质荒地预备了多少肥料啊，从中提取煤炭，比把杜布纳湿地的水抽干，同时毁掉莫斯科下面的珍贵保护区要经济得多。”但是，为了把这个对自己来说简单明了的东西变成为绿球藻斗争的有力工具，我必须收集大量的资料，进行测量、计算和制图，为此我必须放弃创作的故事，而且我大概率不会再回到这个故事中来。我从过去的经验中清楚地知道，如果我做其他工作，我将以这样或者那样的方式体验那些现在放在我面前的主题，我银白色的胡子和头发将会是我衰老的新见证者。但当我着手旧材料时，这些东西，在我看来，似乎很幼稚，没有必要。那时你会想起，有人对同样的事情持有更有力的说法。于是，一切念头都汇集在一起，以至于我不可能放弃我所创造的绿球藻，而去争取相对较近的冰川时期的普通绿球藻。

“请允许我，我的朋友，”走出黑赤杨的树丛，我对自己说，“你是否早就被冰川湖底的翠绿球体打动了？现在有两个绿球藻，诗意的和真实的，就像在《堂吉诃德》中，同一个乡村女孩被分为阿尔东萨和杜尔西内亚。”

“我的朋友，”我对自己说，周围又是开阔的空地，只有紫色的石楠花和红色的越橘果，“请记住，在文学领域，你之所以能成为庸中佼佼者，只是因为你对生物有特殊的热情和敬畏。相信我，如果你把绿球藻留在沼泽湖里等死，你就不会创造出一个永恒的绿球藻。”

带着这样的想法，我从越橘果地和蔓越莓白色苔原地带，走到了主干道上第56号电报杆处，在它旁边有座小石桥，过路人肯定会在这里饮马。萎靡不振的马车队慢慢靠近小河，昏昏欲睡的人慢慢解开了马的绳子。但是，当人们和他们的马一起喝下溪水时，一切都突然改变了。农民们又恢复了醉态，有些人开始唱歌，有些人开始打架，有些人开始争吵，有些人开始相互拥抱。然后，马车在醉汉们惯常的疯狂吟唱、淫秽的咒骂和咆哮中前进。这一点我很理解，因为当地人从城里的市场回家时，他们会大量饮酒，但一口下酒菜也不吃，这使得醉意能持续很久，酒劲儿过去后，哪怕只是喝了口溪水，就会再次醉倒。

在溪水变成酒劲儿的鼓舞下，车队咆哮着从我身边冲了过去。我很快就忘了这件事，又回到我不安的思绪中：我是应该继续为阿尔帕托夫的假想谱写绿球藻，对其原型的死亡毫不在意，还是应该与排干沼泽湖、毁灭冰川时代的珍贵遗迹的策划者抗争？我没有考虑太久，一些横躺在马路上的黑色物体引起了我的注意。我很快就明白了那是一个人，而且可能是一个死人。他被埋在路上的灰尘中，右手里有一根鞭子。我正要弯腰试探，就在这时，有人骑着马来到我身后，马打了个响鼻，停了下来。马车夫直接向我发问，就像人们一般觉得对方形迹可疑时的样子：“怎么了？”

我回答说：“一个人躺在路上。”

“不可能，”他说，“人在这儿没什么可做的，那是什么人……”

他从车上下来，走过去，看了看他……

“哎呀！”他兴奋地喊，“果真如此，还真是个人！”

他大声喊道：“伊万！”然后用鞭子抽打“死者”的屁股。

伊万站了起来，揉了揉眼睛，环视了一下我们，然后骂了一句就跑去追赶他的马车了。

一个睡着的人掉队了。这种情况时有发生，你遇到一个车队，第一辆车在唱歌，第二辆车在睡觉，第四辆车是空的，那么第三辆车是什么情况呢？如此反复，第一辆车在睡觉，第二辆车在唱歌，那么第三辆车在哪里呢？就这样，一个人消失了，他们甚至没有发觉到这一点，或者可以说，难道对车队来说，一个人什么也不是？你回忆起许多人的生活，他们取得了什么成就，他们是如何死去的，你由衷地感到惶恐，有一天你会突然发现，你的所有思路和灵感都被一扫而空，就像秋风剥落了所有树叶，这时，你只想去喝个酩酊大醉！

在村道上的一个酒馆里，我又看到整个马车队在酒馆里。马匹对着一个空槽站着，头上挂着麻袋，吃着燕麦，一只母鸡坐在空马槽边上，等着看麻袋上是否最终会开一个洞，它也许能啄上几口粮食。我已经离村子不远了，但我已经筋疲力尽，所以我想去酒馆喝茶，吃香肠、糖果和面包圈。酒馆里人满为患，他们甚至没有注意到我。我在角落里坐下来，听到有人问："他是从哪里来的？"

"总有这样的人被派到这儿来——神秘人物。他有两条狗，这两条狗长得真是一模一样。"

"我知道，这是个猎人。"

"你什么都不知道。不要看狗，看脸——这是某个党派的党员。"

"有胡须的那个人吗？那是一个作家。"

一位脸颊上带着红晕的虚弱病人，打断大家的交谈。他清楚地知道，这不是一个猎人，这不是一个作家，这不是一个受雇的共产党员，这是一个没有签证的英国人。

所有人都转向这个咳嗽的人，他开始详细地讲述某个英国人带着两条狗，在莫斯科开了一家大裁缝店的事。这个人有很多财富，但苏联政府拿不走——这个英国人没有签证。

“骗子！”头上缠着绷带的年轻人打断了他的话，“苏联政府可以做任何事情。他们在我的后脑勺上插了一把刀……”

“芬兰人？”有人立刻感兴趣地问道。

“它进入我的后脑勺大约有一俄寸半，那时没有人能够把它取出来。我不得不跑去七公里外的医院。”

“我们当中有两个人被枪杀了。”费多尔·费多里奇说。他是一个粗壮的农夫，来自布斯多耶拉日杰斯特沃村，我很熟悉他。

没有人注意他的话，因为人们在喝醉的时候会不自觉地对强壮、沉稳的人进行报复。

“那是什么？喝一杯？”有人问那个包扎着的人。

“为什么喝一杯……我驾车穿过树林，路上碰见了一个大约十五岁的男孩。我有一个口琴。‘吹一曲吧！’男孩请求道。我们两个人骑马去了树林。我为什么不吹口琴呢？我当然是吹了，他从后面用刀刺了我一下，把我打倒在地，拿走了我的口琴，然后飞奔而去。我真是个傻子！大伙儿一听口琴声就知道是我，我跑去叫他们，大家一起抓住了他，但无法把刀拔出来。他们为我准备了一辆马车，但我的心很焦躁，我觉得自己会从马车上掉下来然后死去，在路上什么也没有。我就跑了七公里。医生感到难以置信，一个后脑勺上插着刀的人怎么可能跑了七公里？”

“后脑勺分有很多种，”费多尔·费多里奇说，“我们曾经有一个病例……”他又被打断了。

“医生们抽出刀了吗？”

“不，他们试了又试，摇了摇头，也没能把它拿出来。我突然失去了知觉，我不知道我昏迷了多久。等我醒来的时候，我看到了我的兄弟们、朋友们和白色的床铺，我穿着内衣，旁边的椅子上放着一份《工人日报》。我拿着报纸，读到了沙赫京斯克事件的‘害虫’。这些‘害虫’是工程师，都是没有签证的德国人，但苏维埃当局把他们送进了监狱。而你说，”他转过身来，“苏联当局无权带走一个没有签证的英国人？我亲眼读到，苏联当局可以连问都不用问就带走任何人。”

“难道我说的与苏联政府相悖吗？”对方反驳道，“苏联当局可以同时管理有护照的人和无护照的人，但他们为什么要在没有任何大的理由的情况下跟英国冷战呢？刚开始抓的都是大人物，后来被抓的人身份越来越低，连平民百姓都不放过，现在又开始抓大人物了。我们周围都是贫民，而这却是一个牵着狗、带着行李，为了自己的快乐而活得高傲的英国人。他们把他拉来审问，说：‘你想和我们一起生活，就签字吧！’这时，英国人不甘示弱，说：‘我是美国救济总署[1]的，这是我的清单！’这张纸上有他在饥荒期间救济的所有人的感谢签名。苏联当局也在清单上写下了感谢，并放他走了。他们说：‘对于你所有的善行，你不用签字就可以在这里

---

1 美国救济总署，1921—1923 年美国救济总署对苏俄饥荒进行援助。——译者注

生活，直到你死去。’”

“这没什么新奇的，”费多尔·费多里奇说，“你想怎么喊反对富人，就怎么喊，当需要的时候，穷人靠过来就可以得到富人的帮助。”

他还和旅店老板伊万·扎哈瑞奇使了个眼色，当然是在政治意义上。我甚至注意到旅店老板对我眨了眨眼，低声说道：

“干亲家[1]在呢！”

“噢！”费多尔·费多里奇高声叫道，“如果列宁本人在这里，我会看着他的眼睛说，富人总是欢迎穷人的。母鸡可不会和穷人喝酒，因为他穷，只有一根鱼竿。”

然后那个虚弱的酒客接着说：“我是根据狗来推断的——是他，那个没有签证的英国人。”

“不可能，”受伤的人回答，“英国人喜欢机器，喜欢工业，他为什么要写文章反对湿地排水？共产党人在这里打猎，所以派人来了。”

酒馆里传来一阵嘈杂。不知道是谁说了一句：“共产党人正在榨干我们！”

“榨得干干的了！”另一位回答。

“我不是这个意思。”第一个人说。

他开始分析，如果共产党人正在抽干杜布纳河，那么为什么

1　干亲家，小孩的父母及教母对小孩教父的称呼。——译者注

共产党人要写反对排水的文章？

他说得很简单明了，但这个固执的人掰断了面包圈，把它们放进杯子里，倒上开水，泡上之后，就什么也没听进去了，只是在酒馆里重复着这样的字眼：“妈的，要干了！妈的，干了干了！妈的，都干了，干过头了！”

我从一开始就猜到这些谈论都是关于我的，但我不明白为什么就突然开始针对我了，最后我想起来了，恍然大悟：这是一个月前寄给《消息报》的绿球藻的文章，它正中要害，让所有地方当局感到兴奋，然后它带着歪曲的光芒向民众走去。

“为什么不淹死他？”有人问道。

“那就试试把他淹死吧！”我大声地对整个酒馆里的人说。

所有人都沉默不语。

我以为他们又要开始闹腾了，可能又要喝醉了，好吧，随他们去吧，不过，我还是拿着枪坐在了窗边。

然而，没有人攻击我，甚至没有人说什么。男人们默默地把他们的酒杯和杯子倒过来，走到马匹前。那个虚弱的病人是最后一个站起来的，他伤感地对我说：“我亲爱的，你为什么要这样写？你不为在湖边玩耍嬉戏而感到羞耻吗？毕竟人的生命比什么都珍贵。”

男人们喝够了酒，车队出发了，我又独自带着我的艺术和各种念头上路了。

XVII. 水文博士

我们需要适应大噪的名声，为了不让它妨碍我们的工作。当人们把我当普通人，不再把大把的注意力放在我身上的时候，我感觉很舒服。现在有些人太胡作非为了，有些人的姿态与大众稍有不同，可能就会出现一个小男孩喊道：“一个国王向我们走过来了。”但是你要知道，小男孩只是见过扑克牌牌面上国王的样子，比如印在梅花牌上的国王，或者更差一点的，红方块牌面上放荡不羁的国王。要是有人的帽檐比别人的宽点儿，他可能就会喊：“这儿来了个世界冠军！”

我们很少想到，我们常常说着我们拥有强健有力的体格，其实不过是懦夫的表现，任何一个小男孩都可以折断木头，在博弈中戳中某位冠军的肚子。我们把强劲体格看作创作生活的一小股合力，就像某种有力的语言一样。

我做这个推断是为了讲明白在谈论作家作品的时候保持自我的必要性。我提出这个论断是为了让更多的人懂得维护自己对作家创作给予认可和呵护态度的重要性。我觉得，在这种对作家语言艺术创作的呵护态度之中隐含着一种难能可贵的东西，这是一种比我们的肉体更需要投入无数倍的努力去保护和珍视的东西。现在可能大家就会理解我了，如果我说，你觉得丹顶鹤的故乡在别列捷伊王国[1]还没有我们肉身存在来得真实的话，那么对于自己某种体格的保护则需要一个更强大的外壳。如果创作真是这么简单，那么为什么现在可读的书籍少之又少？在堆积如山的手稿里，为什么很难挑出两三本来供编辑印刷出版？为什么在普希金、果戈理、托尔斯泰和陀思妥耶夫斯基的成就路途上铺满了一个又一个博学多闻、聪明过人、在志向上出类拔萃的名字？……我对生活的热情是如此高昂，以至于如果有一百个人拿着斧子像一堵巨墙似的向我压来，我也不会屈服，我会拿着我这把削笔刀迎上他们。那么，我能说什么、能做什么来保护这个对于人们来说其实真真正正存在的、隐秘的丹顶鹤的故乡呢？假如以后有人要对我进行人身攻击，那么在丹顶鹤的故乡，可是连能伤人的小刀都没有啊！

在我的窗前是一片农村的晒谷场，一群可怜的鸟儿和人们乱作一团，我在这里可以把我喜爱的民谣唱得出彩，但是我要是谈一谈我的丹顶鹤的故乡和别列捷伊王国，我在这群人里是要被笑话的。丹顶鹤的故乡过几年会从这里走到中学课本里，在那之前，我一定要躲起来。

我突然在每个角落、每个村庄、每群人里变得有名起来，像人民的公敌似的。该怎么办？现在确定的是，我就创作而写的小说不知道怎么就变成了自白或者是对一部崩坏小说的叙述。我现在不

1　别列捷伊王国，位于俄罗斯莫斯科南部谢尔普霍夫区，是一个兼具俄罗斯建筑精神和史诗及童话故事的王国。——译者注

得不谈一谈这些令我心有芥蒂的事情：诽谤让我如此惊讶，以至于我一开始并没有把自保放在第一位，而是和大家一起，把注意力放在我自己的身上，虽然我也不想辱骂我自己。我痛定思痛地审视着人们集中痛骂我的地方，我常常因羞愧而失常。在田野里，道路上，小树林间，割草场里，小酒馆里，到处都是针对我那篇《消息报》上的文章的谩骂。我是如此惶恐，我怎么能在这个过渡时期写一篇关于绿球藻的文章呢？人们既不关心冰河世纪的一草一木，也不在意由于受潮而坍塌破败的草棚里古希腊先贤们的著作。更令人懊恼的是，他们觉得物质生活比人的本质要重要得多。

由于我抛出来的话，有一天，跑来了一群人，上到国家机关，下到乡野之地。昏昏欲睡的学者们突然清醒过来，为保护绿球藻而奔走呼号；而地方上的企业家们开始向农民们宣扬排干湖泊的必要性，并成立了委员会，举办市委会议和村民会议。一群神思恍惚的人从首都和大城市跑过来开会，而我弄错了地方——当村委会叫我出来的时候，我去了市委会；当市委会叫我去的时候，我来到了村委会。我最后哪里也没去成，只好向旁人打听发生了什么。

当燕子久久盘旋于这片大地和水域之上的时候，我终于理解了它：如果它在水面上嬉戏游玩时飞得很低，就会吓到地面上的公鸡，并在水面上留下一圈又一圈的涟漪。这并不是它的错误，而是它在感受一种接近这片水土的乐趣。

在我自己的作品中遨游时，我也是如此醉心于这片水土，以至于我想劝说现在的年轻人放弃对远方的渴望。

“不需要去中非。”我说道，“在莫斯科，你就能找到比非洲还要隐秘一点的另一个世界。你只需要再多了解自己一点，你越往深处找寻自己，你就离宝地越近。”

我的这些话受到了中学教师们的喜爱。有一天，我在一所熟悉的中学上了一节关于苍蝇的通识课。为了对我的到来表示尊敬，自然科学老师几乎都是在引用我的话：“开始学习吧！让我们开启这个隐秘而又神奇的世界吧！全身心地投入研究苍蝇的过程吧！因为苍蝇可跟人类完全不一样。”

我还记得关于燕子的一件事情：它在靠近地面时会展开双翅，这是为了保存体力，以便再次高飞。我至今仍深信着，别列捷伊王国真真实实地存在着，我只需要出门，追上某个人，经过短时间的交谈，这个人就会告诉我别列捷伊人在哪里生活，并且毫不犹豫地邀请我去参加他们的节日盛宴。在我们这片平凡的土地上，没有如诗如画、令人叹绝的遗迹，只有温婉的白桦树、幽雅的小径、丝绸般顺滑的草地以及大道上纵横交错的车辙。处处都是与我亲近的人，这让我的内心充满了畅快。真的，这里也有一些动物，还有一些植被，相比之下，我承认通过这些人嘴里的话来了解这个未知的世界，感觉会更奇妙一些。

我和别列捷伊人有过一次碰面，我当时坐在圆木上或者是一块石头上，摸出烟卷，等着他，像和一位朋友说话那样对他说：“该抽会儿烟啦！”而如今，我沿着遗留下来的足迹，跳过沟渠，进入森林，急忙躲在一棵大树背后的灌木丛里，让迎面赶路的路人通过，也为了不从后面追赶上某人。沿路前行的时候，我不能随便与人交谈，因为就算是最温和的人跟我交谈，我也是会在意的，我得等到可以开口询问的那一刻。但是鲁莽的人，尤其是鲁莽的醉汉，他们甚至都不知道这是怎么一回事，当着面就对我破口大骂，把我当作一个罪人，把所有的罪责都归咎于我。如果所谓的敌人具体体现在了一个人身上，那么是不允许他活得如此轻松的，这就是任何辱骂都能对我迅速展开的原因。甚至在我的村庄里，我也努力不暴露在大家面前，如打猎的时候绕偏路。不过，我的东道主尼古拉·卡尔内奇全然站在我这一边，他知道关于我的所有传闻，并收集下来转告我。某位在莫斯科的教授好像说过这么一句话："湖泊应该被当作保护区，所有的工作都要中止，人们要从湖边的沼泽地迁居到沙漠。"过了一周，尼古拉·卡尔内奇告诉我："工程师们战胜了教授们——在杜布纳的湖泊相关工程上已经耗费了大量的金钱。"有一天，在我的窗前的晒谷场上，农妇们开始说："听说我们湖泊边上长着一种草，好像是外国的一种草吧，有人要来带走这些草了。"

在这之后，在马路上，出现了水文勘察队的马车。农妇们朝他们招了招手，问道："你们是谁，你们为什么要运草？"他们回答道："我们是水文博士。"

就这样，我和这群学者一起去给这个湖泊判"死刑"。说实在的，做这个工作很难高兴起来，如果你把这个湖看作一个罕见复杂又独一无二的有机体。阳光透过云堆柔和地照射下来，在沉静的光线下，湖泊意味深长地躺着，好像也在思考着，我们完全没有预料到，这片湖泊会是如此开阔，水面上一群茂密的芦苇正向外望去……

“绿球藻，”我说道，“是一种特别的遗留物种，但我们是没有办法用它来挽救这个湖泊的。有没有一种遗留物种，能让我们停住排干湖泊的所有步骤？”

学者们开始回想，说出来了一些稀有遗留物种，其中海蛇尾最有价值。也是，最好还是找一些“海洋侨民”，毕竟海水淡化是后来的现象，而所有的生命都起源于大海……

“请再说一些吧。”我请求道，“我想找到比绿球藻更有意义的生物。”

学者们想了很久，说出来很多海底生物的遗留物种，也许它们会比绿球藻有趣一点点。不过这些人现在未必会意识到自己不足以阻止湖泊毁灭。

难道真的什么都没有了吗？！即使最后什么也没有找到，我无法保卫湖泊，但在我的书里，我可以做到。

“请想象一下，”我说，“我们的创作，就像用步枪射击一样，步枪上的瞄准镜，正对着我们所创造的未来。在这场创作中，瞄准命中目标是不够的。我们还需要做到一点，这一点很有必要，但我们很难做到，当我们创造的未来成真后，我们了解它，就像了解我们的存在一样。我根据我的经验得知，当未来成为现实后，我把这个时刻看作回望过去的一个崭新视角，一个前所未有的看法。这就是为什么我请求你们为我找出这个永久的遗留物种，我是为了改变在我们现在认知中的它。”

我一直以来都很喜欢在船上和自然科学家们讨论，就自己所思考的事物侃侃而谈，别人都会认真倾听。我注意到了他们不对自身谈论的羞怯，所以我安排了一下，以便于大家可以畅聊一切。当他们开始谈论那些经验总结的时候，他们几乎都有一种明眼可见的害羞。他们总是尽力地给予回应和支持，诚实的自然科学家们常常害羞得脸红。不过，我也对自己和他们所坦露的哲学而感到羞愧，只有从他们这里获得关于遗留物种的材料，我才得以说出来过去与未来的结合。水文观测站的负责人，一个活跃的南方人，很快就找到了我们所有人。

“永久的遗留物种？”他说道，“这些就是我们船尾后的东西了。”

“我当然知道。”我回答，“我需要知道它的名字，我想至少在我的书里写点关于它的内容，为了不让这片湖的排水没有意义。”

“我觉得，”一位学者说，“这个像是艺术家搞的东西，在科学里是怎么也找不到的。让我们打开‘美人鱼’看看吧。”

“好。”我把深水探测器递过来。

他们开始念叨：“‘美人鱼’在水里游，暗淡的月光照耀着。”

我们把深水探测器探到湖底，取到用于分析的样本，检测水的清澈度，倾听听筒中的电导频率。他们是真正的博士，负责地去研究一个有机体的死因。

我们的考察队安顿在一户富裕的农村人家里，主人对自己家的一棵龟背竹引以为傲，它是那么高大，正好够到了天花板。如果不是被细心的主人用钉子固定好了，它上部的分支一定会因为大片大片的树叶而蜷缩弯曲。它扎根多年的巨大花盆被放在窗边的长凳上。

这户人家居然接待了我们这帮有学问的人，他们还给我们展示了这间带有珍贵龟背竹的房间。

主人还这样说："我们喜欢受过教育的人。"

到了吃午饭的时间，我们的袋子里有罐头、糖拌鲱鱼、牛奶饼干和红色带有香草的果子羹。把所有这些家当都暴露在主人只有在年节才来的房间里，有点令人尴尬，事实上，龟背竹才是这间房间真正的主人。我们就请求搬去旁边的一间普通却很适合工作的房间。

长时间在湖泊上漂流让我们有些阴郁，于是我们想乐呵一下，喝了一些酒。我们兴冲冲地在桌子旁坐下时，发现少了一个凳子。我们当中有个南方人，他是探险队的队长，去了正厅那个有龟背竹的房间，把那个龟背竹花盆底下的长凳搬了过来。过了一会儿，我们碰杯喝酒，敬这些知识分子对于这片湖泊所判下的"死刑"。

突然，情绪激动的女主人走进了房间，恼羞成怒地说："知识分子难道就可以这样做吗？"

我们急忙站起来。她转过脸去，望向那个特殊的房间，指着龟背竹……

原来，我们这位有学问的领导匆忙之间看都没看，就拿走了一个长凳，把一个空盆放到了地板上，而这个空盆正是平时装那棵高大的龟背竹多年生的根的。

女主人重复道："受过教育的人在别人体面的房子里是不会这么做的！"

人们对我的政治地位的看法是不同的：在总工程师们的眼里，我是和学者们一起来的知识分子；在大众眼里，我是一个政治地位比较特殊、搞些政治勾当的人；相反，在这一堆男人圈里，我只是领导的一个仆人，我按照他的意思来写文章，为了保护锐减的湖泊，还有让所有高级政委都可以继续猎鸭。技术人员仇视的目光与这些平庸的目光交相辉映，衍生出一种氛围，破坏了别列捷伊王国的氛围。

我怎么也没有预料到，在这些仇视的目光中，居然有这么多人误解我。在那些学者离开很久之后的一天深夜，街上静悄悄的，连纽莎·弗法耶娃也停止了叫唤。我从床上坐起来，突然回想起我和工程师在挖土机上的谈话，那时他告诉我，挖土机在湖边进行危险的排水工作时，可能会沉下去。

"小说也不是在金色草地上就能写出来的，"我对自己说，"但是关于阿尔帕托夫小说创作的第一部分，可以用挖土机的沉没作为结尾。"

我打开台灯，开始写作。正当我开始把我自己的想法写出来的时候，突然有人在外面轻轻地敲了敲我的窗户，我没有立刻拔下把报纸钉在窗户上的图钉，而是小声地发问，外边的人小声地回答："快点给我打开！快！"

我取下图钉，悄悄地打开窗户。在台灯的照射下，出现了一张人脸，在他身后是一匹灰马的马头，再后面是一个大大的黑色车厢。我并不认识这个人，但是他却像是我的朋友一样和我打招呼，对我使眼色，努力弹个舌再对我说："哈！开个玩笑！"

"难道您没有认出我来吗？"

我装作我认出来的样子，这个陌生人非常开心，小心翼翼地从我的窗户钻进来，手里还拿着鞭子。进来后他的眼睛眯成一条线，挪动身子向我耳边靠近，这时，我听见他说："告诉您一个好消息，挖土机陷没了。"

我已经开始习惯于工作中的猜想和现实的巧合了，真的，这样的事一件接一件地发生。但是此时此刻，我还是太惊讶了，不禁打了一个寒战。

"你在瞎说，"我又说了一遍，"你在瞎说。"

这个陌生人停了下来，就像受洗那样对我说道："要是我说得不对，就让我下地狱，眼珠子爆炸。挖土机沉了，水面就一个挖土机尖儿冒出来。"

在这之后，这个陌生人再次说道："难道我们不明白吗？您在保护着什么球，我们某些人默不作声，而一些无知的人却在瞎扯。您听好了，在酒吧里，大家都这么说，他是在写一种球吧，就是人们看得见的那种球。"

我没什么话可说了，我的这个意外的朋友接下来将会与我为敌了。

“那么，这么多人都是这么看我的？”

“对，都是这样的。”他告诉我，“他们一知道什么东西沉了，就开始这么说了——他已经写给我们这帮白痴看过了！”

XVIII．永恒的玩具

在生物学中，与地球运转相协调的动物习性，暂且被公认为是地球内在节奏的结果，就比如我们常说的半夜鸡叫，公鸡这时既没用钟表，也没有根据太阳就知道了午夜的时间并开始鸣叫。甚至有时候还在傍晚，没到深夜的时候它就开始扯着嗓子鸣叫，不休不止，就像一块分秒不差的钟表，而丘鹬此时带着幼崽开始在树梢间来回穿梭。动物身上的这种内在的时间意识可以说是根深蒂固的，只能唯命是从。因此丹顶鹤经常不顾天寒地冻也要启程回乡。难道我们人类现在是生活在其他星球上吗？我们不也是被同一个太阳哺育的子孙吗？我也常常像丹顶鹤一样，即使伴随着凄风冷雨，风刀霜剑，依旧欢天喜地地和同伴们“飞”回故乡。有时，悲伤使我窒息，令我失语，而我也不是什么少不更事的毛头小子了，我很了解自己，我无所畏惧——我不必出声，丹顶鹤们一定会飞回来，我的别列捷伊们也会和它们一起神采奕奕地回来。每天清晨，这种丹顶鹤式的内在节奏都能唤醒沉浸在睡梦中的我，让我能敏感地察觉出生命中的永恒并对此萌生出新的想法。就这样，我的一天就像鸟儿用喙啄木头一样。今早我醒来时，脑海里涌现出童年里的一幕：我再三恳求母亲给我买一个永远都不会被我玩坏的玩具，换句话说，想要一个经典的、永恒的玩具。紧接着一个念头清晰地闪现，我立马摸起桌上的笔，就着模糊不清的晨光写道：“哪怕我的故事对孩子们和大人们而言就是一套玩具，但对我来说，我的快乐就在于此，我——制作出了不会过时的‘玩具’，我——写出了经久不衰的故事。”

在那之后，我的思绪回到阿尔帕托夫身上，仿佛这就是唯一的原因：阿尔帕托夫在他的创作道路上也必然遇到一个永恒的玩具。

天变得更亮一些了。我没有洗澡，没有穿衣服，而是坐在狭窄的行军床上工作，让自己沉浸在对“鸟类之内在节奏”的描摹中——无论风霜雨雪，它们仍要向前飞翔。诚然如此，如果几十年后，梦里向母亲提出的请求，像某种力量一样进入我的日常生活中，那么这种强大的力量将帮助我接近创作灵感的源泉。当然，所有从事创作的人，包括《创世纪》的作者，着手创造世界只是图一时消遣，完全是随心所欲，就像孩子玩耍一样。我对创作力的描绘应该是从儿童的游戏开始的，那时，孩子的母亲在他旁边，像普希金在他的童话故事里描述的那样：一个勇敢的小孩和母亲无意间掉到了桶里，他使劲踢掉了桶底，发现他们竟处在荒凉的岸边。他开始向白天鹅射箭，最后，小勇士请求母亲给他一个永恒的玩具。从此，我开启了生命之书的篇章，从儿时对永不过时的玩具的追求过渡到有意识地对其展开创作，就像创世纪中，造物主从光、水、土壤着手创造出一个世界那样，逐渐从生命的最低形式走向最高形式。

我在前几本书中说得很清楚，阿尔帕托夫曾经的唯物主义知识分子意识，因与生命物质的碰撞而崩溃：突然间发现，知识分子所谈的事物都是虚构的，没有什么真正的内涵，就像被雨水冲刷过的风化骨头，虽然动物们争来争去，但其实没什么可食用的东西。春天，从冰冷桎梏中得以解脱的河流，促使阿尔帕托夫推翻他知识分子的过去，开始他新的创作，不以某个理论或者计划为起点，而是从一个游戏展开，从占据他身心的事物着手。眼下澎湃的水流让他茅塞顿开，浮想联翩。在和农民们交谈后，他因把沼泽变成金色草地的可行性而想入非非：把一台废旧的挖掘机装上浮动装置，直到他挖到绿球藻之前，这里的一切都是那么顺利。绿球藻的发现立即打破了他轻松的生活。他当然可以去首都，在那里向科学家们请教或者在书籍里学习这种最稀有的遗留物种。最后，摆在他面前的是一个岔路口：一边是在沼泽地上创造金色草地，这是附近十几个村庄的福祉，另一边是一种植物的消亡，这对于了解遥远的时代、地球的生命和未来的生命都是至关重要的。对于阿尔帕托夫来说，发现绿球藻仿佛是一种持久的幻觉，这对于每个创造者来说都是必要的，这样，他所创造的东西才会变得持久。当然，从外部来看，大家都清楚它们不是永恒的，但也必须懂得这种造物的语言，所有的美好事物都在证明这一点："人类对永恒的思考才使我们得以继存。"

世界上很少有人注意到从第一缕曙光到日出需要多长时间，自然界中将发生多少事情，人脑中能产生多少想法，如果描述它们迅速发展的过程，要写满多少纸张。

用不了多久公鸡就要开始它的演唱了，我透过窗户看到一只长鼻鹬从村庄池塘附近的牛棚里钻了出来，经过一夜的飞行，飞到了沼泽地里。我看到草叶上的露珠是如何形成的，追随着这种内在节奏的力量，我飞上天的思绪开始在地面上寻找定义和化身。有时，一滴露珠会沿着树叶的茎脉移动，在一片叶子的凹槽中闪烁着不同的光芒，引人注目；有时它本身就闪闪发光。我曾多次让自己特别去留意露珠是如何发光的，但是没有成功，它总是出乎意料地闪耀着光芒。我只知道这种闪烁源自时间的转换，与我们平常的时间相比，新的时间似乎是永恒的：太阳即将升起，一道光线瞬间迸发，而对我来说，这束阳光有时会在拉美西斯时代，有时会在列宁时代。今早出了件事，这缕永恒的阳光照在我们村里一个病倒的小矮个身上，他现在靠着低保生活，因为他曾经恪尽职守地担任过警局局长。谁会相信，这个没有受过教育的人把他平凡的、有几百年历史的姓氏——阿斯兰科夫，改为德国精英前列之一的名字。听说了这件事后，我问了当地受过教育的人，问了医生，问了律师和保险代理人，他们都笑了，但他们都没有惊讶到去问局长本人为什么要在一个破败的村子里把微不足道的阿斯兰科夫换成历史上的风雅人物的姓名。与此同时，村里另一个不起眼的“阿斯兰科夫”，即费奥多尔·阿斯兰科夫，大家对此议论纷纷，这个有着一头牛、一匹马和十几只羊的无赖混进穷人的行列，甚至不缴纳穷人必须缴纳的极少的税款。有一次，我进村到合作社买一些日用品，我对这位警局前局长的决定感到震惊，我忘记了日用品，走到他家并敲开了他的门。我们的警局前局长对我的来访感到害羞和高兴，他非常乐意地告诉我，他为自己选了一个新名字，甚至都不了解这位同名的、与卡尔·马克思的理论几乎毫不相干的悲观主义哲学家。不久前，上级县委，或许是那些知识分子，传唤了这个胸无点墨的废人，要求他解释改名是不是老党员在思想上向哲学悲观主义的偏移，这也会涉及社会悲观主义。他们的误解在第一个问题上就暴露无遗，因为这位神采飞扬的马克思主义者甚至不理解悲观主义这个词的含义，甚至从未听说过叔本华这个哲学家。

普通士兵伊万·阿斯兰科夫在战争中受伤，醒来时发现自己被德国人俘虏了。在医院里，是一位善良美丽的护士陪护在他身边。在德国战败以及随后的革命后，年轻人回到了自己的祖国，入了党，这让所有的阿斯兰科夫家族成员都站在了自己的对立面。他希望摆脱所有阿斯兰科夫家族的草芥，就改名换姓了。当然，他想让他一生中最崇高、最美丽的故事，也就是他与善良的护士路易斯·叔本华女士的相遇与阿斯兰科夫家族世袭的欺骗勾当形成鲜明的对比。

所以，今天上午，在所有人中，我是唯一一个在警局前局长的私密世界里有所发现的人。在我看来，这只是因为杠杆的一端把我带到了列宁光芒下的平民世界中，杠杆的另一端则处在拉美西斯的笼罩下。如果没有把对“永恒”的思考作为创作的支点，那么我什么也做不了。尽管别人认为它是虚构的，但他们必须承认它的参考价值，因为我和其他许多大师都是由于这种永恒而给人们带来持久的东西。

有没有人见过白色的彩虹？只有在最好的天气下，它才会出现在沼泽地里。清晨，白雾缓缓升起，太阳的光线穿透雾气。然后，所有的薄雾都汇聚成一条结实的弧线，刺眼的白，有时带有一些粉，有时是奶油色的。我喜欢白色的彩虹，它就像一位哺乳期的年轻母亲。今早，白色的彩虹一端扎进浓密的树林里，另一端穿过我们的山丘，落到了沼泽附近的山谷里，今天我将在那里训练我的猎犬涅尔雷奥。

黑麦正在变成棕色。连绵不断的降雨，让今年的草甸花卉显得非常亮丽，郁郁葱葱。我很快就在湿漉漉的沼泽灌木丛中找到了一条通往沼泽地的小路，从这里可以看到远处一个被花海围拢着的、胸前垂着浓密胡须的、朴实的别列捷伊人正在往下走。我欣赏着山谷，山谷上空有杓鹬在鸣叫，直到别列捷伊人消失在茂密的灌木丛中，我都驻足不前。之后，我沿着老别列捷伊人的足迹一路向下，也像别列捷伊人隐没在繁花杂草中那样，慢慢下行到沼泽地带。这一荆棘丛生的高丘，长满了粗壮的小白桦树。这段宽阔的近沼泽边界在漫滩草地附近，我觉得，这是田鹬和大鹬筑巢的好地方。我正准备爬上小丘，突然，在绿谷中央的远处传来欢快的叫声，像水桶去打水时水桶把手稳定的摆动声“咔——嚓，咔——嚓”，田鹬鸣叫着，纵身飞向山底。我准确地看到了田鹬降落的地方，激动地牵着涅尔雷奥往那边跑。草很高，但田鹬降落的地方很低，一直往下走，最后我看到一块牤蚊乱哄的黄苔藓洼地。我猜，这应该就是田鹬的栖身之处了。我让狗站在顶风的位置上，给了它一点面包吃。这时我的脑海中不知为何出现一句话：“人在这种环境上，吃定狗了。”我认为这句俗语可能是出自猎人之口：驯狗时，人可能会迷失自我，站在那里毫无意义地大喊大叫，而疯狗冲进沼泽追逐鸟，这就意味着狗把猎人吃定了。但有时，狗不仅仅是单纯地听懂话，当猎人想起什么而长叹一口气时，走在他旁边的狗也会停下来，看着你，想请你用眼睛跟它分享想法，这就是令人感叹的一点——这就是狗人性化的地方，也就是所谓的，人把狗吃定了。涅尔雷奥是一条半野生的狗，让它靠近田鹬，我很担心，在今天这个白色的彩虹之下，它会吞噬掉我内心的善良和体贴，那一直是我努力想成为的样子。我顿时忧心忡忡，摸着自己，我希望自己没有选错狗，希望这件概率渺茫的事能成——狗能一下子嗅到田鹬的气味，找到线索。但是没有，或者是它没有察觉到，又或者是田鹬根本就不在附近。我想到了别列捷伊人，想知道他是否抓到了田鹬。就在这时，我听到有人喊道：

“嘿，是你啊，大胡子！”

我看到先前的别列捷伊人，胡子垂在胸前，他的一只手拿着镰刀，另一只手指向白桦树林枝节横生的一边。现在我突然明白了一切：经过这个角落，别列捷伊人吓跑了一只雌性田鹬，它抛下它的幼崽，飞到高处，然后飞落，在落下时我看到了它。当我靠近幼崽时，它吓得在小土山丘之间来回飞，就像在摩天大楼之间奔跑一样，而在我还没看到的另一边，幼崽安然无恙。这些把戏我都已经经历很多次了，现在我没有看错：我一站在白桦树一边上，田鹬就“咔——嚓，咔——嚓”地叫着就飞了起来，它没有飞远，就在附近，好像掉入水里一样，沉没在了沼泽地里。在这之下，是一条幽暗狭长的草丘地带，母田鹬在自由地飞行，当它察觉到我们时，就再次飞向附近并向孩子们发出了信号。

在芦苇中，有一个小池塘，光线照常汇聚在深绿色的沼泽地带中——在草地下面流淌着隐秘的溪流。在水域的边缘，芦苇变得稀疏，这对田鹬的夜间生活来说是非常难得宝贵的，它们用像镊子一样的长鼻子伸进水里，轻而易举地夹到虫子。水域中央有睡莲，它们的枝干卷成环状，猎人称之为“斡儿答[1]之帐”。白天，一群小鸭子会在这里游荡。在河滩上，我们一下子发现了所有的幼崽，四只幼崽虽然破壳没多久，但已经能够勉强地飞起来。我牵来了涅尔雷奥，把它带到刚刚田鹬抛下幼崽的地方。因为我们翻找了许久，一只幼鹬都没找到，所以我越过河床的另一边，来到第二次吓到田鹬的地方，但也是一无所获。我厌倦了漫长又徒劳的工作，扔掉绳子，拿出香烟点上。就在我把所有的注意力集中在烟头和燃烧的火柴上，以便烟头能点燃时，我突然觉得在我视野的另一边，发生了一些事情，抬头一看，一只灰色的田鹬幼崽在十步之外的地方堪堪飞过，地上的涅尔雷奥非常吃惊地望向它。我还是没反应过来，我怎么偏偏就在松开狗绳、开始抽烟的时候才发现它？我那种猎犬式的链条断裂了，于是接下来突然发生了……

……目前我不是在沼泽地里走，而是在，我敢说，我是在创

1 斡儿答，指孛儿只斤·斡儿答，成吉思汗长孙，白帐汗国开国君主，相传他曾驻扎在水边高地。——译者注

造性思想的链条上走的。至少还有一条猎犬被我算进总财富里，这怎么就不算有创意呢？我看到那一头的别列捷伊人在小憩时，偶尔会看看这边正埋头搜寻的我和涅尔雷奥。我尊重他的事业，他也在创作，只是他着手的材料是草。而涅尔雷奥呢？现在我要告诉你，它也是一个创造者，它的材料是田鹬。田鹬也有它的创造力，它的创造材料就是它吃下去的蠕虫，也就是这样，每个生命体一个接一个地进入循环往复的生物圈，一个生命体的逝去成了另一个生命体的创造。远处传来浮动挖掘机的汽笛声，“把它抬起来！”在那里，这艘挖泥船沿着河床一点一点地向上移动，正靠近我们的沼泽地，以便从中排出水来，使我在这些地方的创作工作变得一无是处。

我感到疲倦，我正自信、愉快地为自己的创作搜集材料，而机器的汽笛声已准备好将我的这种创作的热忱变成沮丧——迟早我自己也会成为某人的材料。而那个人，正在齐膝深的水中为他唯一的牛割草，作为冬天的饲料。对于我的徒劳无功，他好像在冷笑。

然后突然……这就是问题所在，根本就没有什么突然，这只是因为我想抽烟，于是给了涅尔雷奥自由。纯种犬涅尔雷奥的祖先一直与人类为伴，多年来，它会偷偷靠近猎物，然后伺机跳跃捕获猎物，抓住并撕裂猎物。它的主人在它跳跃的时候收紧狗链，它就会停下来，作伺伏姿势，这样才算是一条忠诚的好狗。在多年的文化中，这已经融入猎犬的血液，而训练师的任务只是巧妙地提醒它的本能。但我没有提醒我的涅尔雷奥，而只是松开它。一放它自由，它一下子就找到了田鹬。这种充斥着自由的行动，是它创造力的必需品，也是我链条上断掉的一环。现在我正在恢复一切。在嗅到一只在逃的田鹬时，它没有立即找到它的遗传技能，而是伸爪去惊吓田鹬，它又把头从草丛中高高抬起，向飞走的方向看去，但微风从另一边给它带来了一些新的气味，它动了动鼻孔，看了我一会儿，想起了什么……

就像在捉迷藏一样，我们蒙着眼睛走路，它蹑手蹑脚地朝着芦苇丛的方向走去。泥泞中有很多夜行的脚印。如果它能在天黑前通过嗅觉找到早上飞走的田鹬，我会很高兴的。它在这些足迹中搜寻，接着收起爪子停了下来，这便够了。但它又转过头看着我，似乎用眼睛在问：

“这是一项严峻的考验，我之前可从来没做过这些事啊！你不要着急，也不要打我，反正我怎么也走不动了。”

当我俯身靠近它时，它颤抖着，仿佛感到羞愧和尴尬：

“我就只能做到这样了吧？”

我抚摸着它，用狩猎的目光望着它，并注意到了一个它远不会看到的东西：离我们大约十步的地方，一条小溪正在浓密的草丛下面流淌，在它的两岸之间有一个还没维也纳椅子大的赤褐色圆形小岛。我立即注意到两道金色的线条，就像围绕着瓶子汇聚到瓶颈处，尾部是长长的鼻子的形状，在水的衬托下很明显，这是一只小鹬鸟，只能通过它长鼻上金色的线条才能将它同与它羽毛一致的周遭区分开。

涅尔雷奥站在原地不动。简直完美！我朝别列捷伊人割草的那个方向看，他正支着镰刀，以另一个创造者的身份审视着我。我用手指着狗说："看，我整个上午都没有白干，看，多值啊！"

别列捷伊人扔下镰刀，张开双臂，说："我都震惊了，你这个猎人，这太神奇了！现在这条狗可就值钱了啊！"

接着又是挖掘机的汽笛声。我何尝不关心湿地什么时候会干涸？如果我在那天早上明白了创造力的所有秘密，那么即使所有的湿地都被排干，绿球藻也不会真正跟我分道扬镳。我会在大自然中创造一个前所未有的保护区，长着长鼻子的鸟儿们和夜视眼的鸟儿们将络绎不绝地去往那里。

别列捷伊人期待同我一起休息和交谈。我没有着急靠近他，我们对视着，什么都没看清。他的大胡子很出名，我的脸也几乎藏在胡子里了。那么，为什么我现在不说自己是一个猎人呢？

别列捷伊人和猎人一见如故，互相欣赏对方。

猎人掏出一支烟，递给老人抽。

他挥了挥手，回答道：

"朋友，我是老酒鬼了。"

"教徒？"猎人问。

"不是……"

他感到词穷。

"但是，"猎人说，"我的孩子们从不吸烟。我对他们说：'请原谅我的软弱，别把我看作坏榜样。'他们很高兴地接受了我的建议，不抽烟。看，虽然我是抽烟的人，但我让别人不吸烟，这比我自己做榜样更胜一筹，因为你做不了世上一切的榜样。”

格雷戈里爷爷，这是他的名字。说完这些话后，他整个人都喜形于色，乡下人脸上的艰难困苦都从他脸上消散了……

这些黑心的人身不由已地从事面包生产工作，因为他们不是自愿务农的，而是由于一个农民阶层的出身所致。有些感到幸福的人用爱来做这件事，他们的面包制作过程必然伴随着一种强烈的主人翁意识，就像一个嫉妒心极强的女人，或者生命本身一件自然而然的事一样。对一些人来说，谁有这种主人翁意识，谁的劳动就会伴随着不断的抱怨、争吵，不必要的残忍、肮脏、污秽、疾病，以及成群结队的苍蝇、螨虫、蚊子、跳蚤叮咬。在这样的工作条件下，人完全麻木了，把自己藏得很深，以至于他自己都不记得自己是一个无所不能并且充满仁爱的存在。你在这里，无法从他们直截了当的话语中了解到真相，因为这里的人往往会说出与他们的信仰、他们所爱和所怜悯的东西相悖的话。但是，当需要把所有这一切都撕下，暴露出一个人未被触及的内心世界时，我们会发现，他的内心就像孩子一样纯洁无瑕。他就可以开始一段全新的、长久的、不为人知的现代人类生活。我在其他民族中也见过这种孩子般纯洁无瑕的内心世界，它无处不在，但是我们俄罗斯民族的这种纯洁无瑕的内心世界让我感到更亲切，这种人也能更经常遇见……

“你自己也不年轻了。”别列捷伊人说，“你的步态就像小泥鳅一样灵活，你是做什么的？”

“我是驯狗的。”猎人回答道，“我成天都得在泥泞的沼泽地里走很多路，跌磕蹭蹬，浑身湿透，冷得瑟瑟发抖，我得通过运动让身子暖起来。但我已经习惯了，不觉得累。”

听了这些话，别列捷伊人问道：“你是如何过上这样轻松的生活的呢？我挺吃惊的。”

“谁告诉你这很轻松？”

“没下过体力活搬过任何重物？没凿过石头、开过沟？”

“我挖过土、开过沟、碎过石，对于我的狩猎，我是这样希望的——我想在临死前，实现所有在狩猎中希冀的一切。这并不容易，你打过猎吗？”

“我赶过蜂。”

“为什么不走打猎这条路呢？”

“我出生在一个贫农家庭，有一个妻子，还一起含辛茹苦地养大了四个女儿和一个儿子。”

一阵沉默后，老人问道：“你不应该这么轻松的……”

老人很难为情。

“什么？”猎人问。

“从政……”老人回答说。

他皱了皱眉头。

猎人并没有立即意识到，老人用他自己的方式称这为火热的地狱，那里将满是哭泣和咬牙切齿的声音。

“不，我不害怕。”猎人回答说，“你也不必害怕，不会再有烈焰滚滚的地狱了。”

“哦，是的！”老人振作了起来，“我自己也多少明白这些政事了。我的儿子本来要成为一名牧师，但后来他不再去教堂了，他对我说：‘父亲，我想入党。’我说：‘好吧，孩子，你不小了，我没有能力强迫你改变想法。’我自己去了教堂，为儿子祈祷，我这样想：如果天堂里有上帝，那么请求上帝别让我的儿子入党，但如果他入了党……没过多久，我的儿子从城里回来了——他被接收入党了。所以你一点儿都不害怕地狱吗？”

“小时候，我对地狱很是恐惧，但后来我从中逃之夭夭，开始认为上帝一定是仁慈的。”

“蚊子、苍蝇和乱哄哄的牛虻呢？它们并没有受到任何酷刑，那也是怜悯吗？”

“如果没有牛虻和蚊子，”猎人说，“乡间别墅就会坐落在这里，我就不会被允许在这里驯狗，因此这些牛虻和蚊子是我的帮手，它们为我效劳。”

听到这些话，老人开始高兴起来，仿佛可怕的地狱真的永远消失了一样，并完全赞同猎人的观点。他从胡子里放出一只牛虻，说道：“面包、盐和仁慈征服了强盗。”

然后别列捷伊人开始收拾东西，准备辞别。这时从猎人胡子里也放出一只牛虻，他夸了下猎人的胡子。

“老大爷，”猎人说，“当我有钱的时候，我就会刮胡子了。现在只要他们来讨债，我就会用手摸摸我的胡子，这就是胡子的用途。”

“胡子对什么都有好处。”别列捷伊人说着又从胡子里放出一只大甲虫，“别人想向你的眼睛吐口水，但最后却吐在你的胡子上。”

别列捷伊人肩上扛着一大捆草，周遭是牛虻无尽的嗡叫，他开始沿路往上爬。

露水从上方的灌木丛中往下落。在灌木丛中，有一片永远不会干枯的叶子在其间闪闪发光。奶牛吃饱了，站在沼泽边。小牧羊人万尼亚躺在拱形的小丘上。你不会立刻明白这种小丘是怎么来的，他睡的时候一定是把头枕在了土墩上，睡着后，土墩慢慢被他压陷，于是现在他的肚子拱起，头脚向下。

我认识他很久了。他顶着一头红发，脸上的大雀斑比比皆是，眼睛闪闪发亮，清澈见底，像极了水果糖。我早就把他带进了别列捷伊王国，见到他时，我绝不会直接略过他。今天一切都很顺心，我想和他在一起并唤醒这个别列捷伊小孩。他睁开一只眼睛看了一会，掏出半瓶酒递给我，然后继续睡觉。我大笑着晃着他。

“喝啊！”他说，“昨儿我去参加了一个聚会，给你捎回来的。”

当他完全醒酒后，我从包里拿出了最新一期的《猎人》递给他，上面刊登了我的故事，我开口说：“看看吧，万尼亚，这是我写的。”

他开始阅读。而我点了一支烟，在笔记本上忙碌了十五分钟，因为据观察，我抽烟的时间正好是十五分钟。当我的烟抽完了，小牧羊人还在看书，我用一个问题打断了他：

“给我看看，读了很多了吗？”

他指了指，在一刻钟里他读了两页半，总共有三百个字吧。

“把杂志给我吧。”我说，“我得走了，这不值得看。”

他乐意地递过来杂志并说了一句：“确实，这不值得一读。”

我很惊讶，这样坦率善良的读者，怎么就被我碰上了，况且是在这农民堆儿里。虽然他的话让我有点儿受伤，但我却更喜欢他了。他打了个哈欠，说：“你有可能全是按照事实写的，也有可能这些都是你编造的，不是吗？”

“并不全是。”我回答道，“不过我虚写的部分也不多，但这就是我想写的！”

“都是如实写的吗？”

“都是。写的都是那晚在沼泽地里发生的事情。”

“嗯，怎么样了呢？”

“就那样吧。夜晚，沼泽地边有一个很大的灌木丛，我坐在灌木丛下，小鸭子三五成群地叫。”

他停了下来。我想他是在找合适的语言或者是在想象画面。他回过神来，拿出扎列卡[1]，开始在上面钻出第七个洞。

“那么，接下来呢？”我问道，“你得想象一下那个夜晚啊。”

“我能想象得出来。”他回答道，“灌木丛很大很大，我坐在它下面，小鸭子们接二连三地叫唤着，一切都很真实。”

“非常短促的声音。”

---

1 扎列卡，带有用牛角或桦树皮做的喇叭口的木管，一种民间吹奏乐器。——译者注

“你这是什么意思，什么短促的声音，”小牧羊人吃惊地说，“它们整晚都喋喋不休啊！”

怀揣着这个故事，我说：“多好啊！”

“是挺不错的。”他回答说。

他吹奏起长笛，那是一根用接骨木、芦苇和牛角制成的长笛。

在一个兴高采烈的自由之晨，我松开涅尔雷奥的绳子，为此它做了一个标准的立正姿势以表感谢，然后我把老别列捷伊人从政府手中拽出来，把小牧羊人从阅读中捞出来。与此同时，树林里的一只母水鸭终于决定把它的小鸭子们带到村里的湖中自由活动。春天，湖水泛滥，几乎淹没了一切，只有在三英里外的沼泽森林中的小山丘上，才能找到一个坚固的巢穴。而当湖水退去后，它们不得不走三英里的路程去湖边。在人、狐狸和老鹰都看不到的隐蔽地方，母鸭子在后面游，不让小鸭子们离开视线一分钟。在铁匠铺附近过马路时，它当然会让它们走在前面。这时孩子们看到了它们，伸手把帽子一摘就开始抓小鸭子，而母鸭子张大嘴，非常焦急地追着他们跑。孩子们正准备用帽子把母鸭子打倒，像抓小鸭子一样抓住它，但这时我走上前去，为这场成功的“驯化”而高兴，我想到每一个自由生命都具有巨大的创造力。

“你们打算把小鸭子们怎么样？”我严厉地质问孩子们。

他们期期艾艾地回答说：“放，放了它，它们……”

“那就‘放了’它们啊！”我愤愤不平地说道，“你们为什么要抓它们呢？现在它们的妈妈在哪里呢？”

“它在那里呢！”孩子们异口同声地回答道。

接着他们指向附近的一块休耕的小山丘给我看，那只母鸭子确实张大嘴，焦虑地站在那里。

“快点！”我命令道，“快去把小鸭子们还给它。”

他们似乎对我的命令感到皆大欢喜，直接手舞足蹈地带着小鸭子们跑上小山丘。母鸭子这时稍稍飞远了一点，当孩子们离开后，它急忙冲上去救回它的孩子们。它用自己的方式快速地和孩子们说了些什么，然后就带着这五只小鸭子跑向燕麦田。毕竟穿过燕麦田，绕过村庄，就到一家人旅途的终点——湖边了。

我高兴地摘下帽子，挥舞着帽子喊道：“一路顺风！小鸭子们！”

孩子们在那嘲笑着我。

“笑什么啊，傻孩子们。”我对他们说，“你们以为小鸭子们到湖边很容易吗？等你们到了大学考试的时候就明白了。现在，摘下你们的帽子跟我一起喊——再见！”

还是那几顶抓鸭子用的帽子，刚刚沾满了灰尘的帽子现在被扔向空中，孩子们一下子喊了起来：

“再见！小鸭子们！”

在大自然中，我们每时每刻都能感受到生命的创造力，同时把人类与生俱来的和谐感带入其中。这种情感是一种纯洁的人类特有的情感，这种情感一旦与大自然融合，就会生机勃勃、熠熠生辉。

——普里什文

编后记

愿你我在森林中相逢

没有一个人会拒绝大自然。

没有一个时代会拒绝热爱大自然的人。

“所有的故事开始于第一缕春光、第一股春水，开始于大自然中万物苏醒的那一刻。”

这是世界生态文学和大自然文学的先驱，被称为俄罗斯最伟大的歌唱大自然的诗人和哲人米哈伊尔·米哈伊洛维奇·普里什文在《丹顶鹤的故乡》一书中所说的话。我们这一套“俄罗斯当代生态文学作品集”，虽不发端于春天，却酝酿在很多个春暖花开般的日子里。

俄罗斯文学一直是西苑出版社的发力点，而人与自然的关系一直是俄罗斯文学最重要的主题之一。俄罗斯生态文学历史发展悠久，尤其是20世纪以来，涌现出很多以生态保护为创作主题的作家，人与自然的关系问题成为他们进行深入哲学思考的主题，也是他们对大自然与国家和人民命运、人类未来发展关系的深刻认识的总结。由此形成独具特色的俄罗斯生态文学流派，在世界生态文学发展中占据着重要的地位。当我们致力于为这一选题寻找“枝叶花果”时，王金玲老师也带着“俄罗斯当代生态文学”作品、携手专业的翻译团队再次找到了我们。

理所当然地，这套“俄罗斯当代生态文学作品集”迎来了属于它的春天。

很多事情就是这么“恰恰好”。每一本图书、每一套图书的诞生亦是如此。俄罗斯生态文学作品在我国的译介方兴未艾，我们衷心感谢王金玲老师及整个团队的信任、支持，以及在合作过程中处处体现的专业能力和工匠精神。我们也愿意相信，王金玲老师及整个团队对于这套“俄罗斯当代生态文学作品集”扎根于“西苑”这片土壤，同样是感到幸运和满意的。

在生态问题愈发凸显、生态议题逐渐火热、生态文明建设日益深入的今天，我们经由这个选题走到了一起，以期增强我国读者对俄罗斯自然生态资源的了解，管窥俄罗斯作家笔下的人与自然的关系，以及人的内心世界和思维特点，乃至对我国生态文学的创作给予启发和借鉴。

就像两个热爱大自然的人，在森林中相逢。

回到这套书。

“俄罗斯当代生态文学作品集”本是教育部中俄人文交流与合作项目成果，共收录了 8 部作品，来自 3 位各具魅力的俄罗斯生态文学作家。所有作品均聚焦于大自然，却又不限于一般意义上的大自然。这是一种“综合的”“泛化的”生态文学，既描述了自然资源极为丰富的俄罗斯春夏秋冬交替过程中异彩纷呈的植物和动物世界，也关注到生活在原始森林深处的人和游走在大自然边缘的人；既深情歌颂了俄罗斯大自然的壮美，也关怀到大自然的命运乃至全人类的命运；既引导读者们进一步认识大自然，也展现了大自然本身；既讨论了现代化发展与自然生态之间不可避免的摩擦，也更多地寄希望于人与自然和谐共处、亲密发展的美好未来。

被誉为“伟大的牧神”“俄罗斯语言百草”的普里什文，他笔下的大自然永远生机勃勃，充满诗意与情感，每一种生灵都有自己的鲜明个性。这些特点都淋漓尽致地体现在《勿忘草》中。《勿忘草》仅有个别片段在国内被选译过，它的每一章节都有一个独立的主题，但这些主题并非完全割裂，而是关乎到自然万物、人类精神的方方面面，而人类与自然又是共生共存的，充分展现出普里什文对人与自然关系的探讨和呼唤。正如人们常说的，如果你不知道如何赞美大自然，那就去看普里什文吧！

《“灰猫头鹰”和海狸的故事》似乎对应着阿尔谢尼耶夫“三部曲”中的《德尔苏·乌扎拉》，它们都是描述或突出了一个具体的人物形象，由这个人物的经历或体验带出宏大的森林图景，从而展现出人们对自然保护的思考和努力。略有不同的是，《德尔苏·乌扎拉》中的向导德尔苏·乌扎拉主要还是置于整个探险队的发展路线而言，而《“灰猫头鹰”和海狸的故事》的聚焦性更强，叙述本身也更近似于一部小说。无论如何，两部作品都通过立体的人物塑造展现出了这个系列独一无二的人文性和艺术性。

《贝林杰耶夫密林》乃我国首次翻译出版，它在形式上贴近于《勿忘草》和《丹顶鹤的故乡》，可称为随笔集或札记，而不同于《“灰猫头鹰”和海狸的故事》呈现的强烈的故事叙述感；在内容上近似于《丹顶鹤的故乡》，均以某一区域为对象进行全面观察和整体思考，另一本《勿忘草》则从日常万物出发，更多地渗透出作家的哲思。《贝林杰耶夫密林》和普里什文的其他作品一样，蕴含着动人的美感，他的笔触真实又细腻，温柔又不失力量，将粗犷、陌生却又神圣伟大的原始森林形象淋漓尽致地展现在读者的眼前，让人仿佛身临其境。树木的砍伐与生长，机械化（现代化）与原始森林的碰撞，都在这里得到生动体现，而在《丹顶鹤的故乡》中，经济社会的发展变革与物种环境和生态保护的矛盾更是直接摆在作家的面前。是应该支持政府的排水工作，还是应该写文章来呼吁保护珍稀物种？最终，作家选择了后者。一切理所当然又水到渠成，却更加强调了作家的观点——人与自然和谐共处就是善良和美的最高境界。

区别于普里什文清新的文人形象，几乎同时期的阿尔谢尼耶夫充满了典型的俄罗斯“硬汉”气质。阿尔谢尼耶夫既是地理学家、作家，也是一名军官。《德尔苏·乌扎拉》《乌苏里边疆区游记》和《穿越原始森林》这“三部曲”均是阿尔谢尼耶夫对自己考察经历的记录。其中，《德尔苏·乌扎拉》和《乌苏里边疆区游记》分别描述了 1902 年、1906 年和 1907 年的考察，《穿越原始森林》记录了 1927 年的整个考察过程。《德尔苏·乌扎拉》和《乌苏里边疆区游记》均非国内首次面世，但它以往更多地被纳入阿尔谢尼耶夫的《在乌苏里的莽林中》（由这两本书整理融合而成）一书中呈现，而非以单本形式出版。“三部曲”均围绕锡霍特－阿林山脉展开，也都涉及德尔苏·乌扎拉等人物，可以说是串成一线，各有偏重、各具特色而又彼此呼应、相互补充。

《乌苏里边疆区游记》通过阿尔谢尼耶夫的实地考察记录，精心呈现了一百多年前乌苏里边疆区的独特风貌，列举了很多远东地区特有的资源：壮美苍茫的原始丛林，险峻挺拔的山峰，纵横密布的河流，丰饶的动植物，暴雨和暴风雪，生活其间的各民族的习俗、故事，以及考察队在旅途中的各种遭遇……处处可见作者对大自然的敬畏、热爱，作品还率先提出了如何保护动物、建立自然保护区的问题。《德尔苏·乌扎拉》则通过考察队的关键人物——向导德尔苏·乌扎拉，展现原始森林的样貌和“性格”，以及在原始森林里生存的原则和规律。以《德尔苏·乌扎拉》为书名而非《乌苏里边疆区考察记》（尽管有撞名之嫌），就已经渗透出这本书的人文关怀，以及阿尔谢尼耶夫对朋友德尔苏·乌扎拉的深切纪念。最令人印象深刻的莫过于作家朴实而真挚的表达，让大自然展现出浓重的“人性”一面，具备人文艺术性，难怪普里什文曾这样评价阿尔谢尼耶夫：“他笔下的大自然是反映纯洁心灵与真实物质世界完美融合的诗歌。”

《穿越原始森林》是阿尔谢尼耶夫“三部曲”中的最后一部作品，也是篇幅最短的一部。它讲述了阿尔谢尼耶夫最后一次考察锡霍特－阿林山脉时发生的故事，记录了这个地区美丽的自然风光和特征鲜明的当地居民的生活，展现了俄罗斯远东地区幅员辽阔的精彩画卷。与前两部作品不同的是，相比于动植物，这部作品更多地关注了不可逾越的河流和未曾踏足的原始森林。有趣的是，这本书是这套作品集中唯一一本由男性译者翻译的作品，呈现出来的译文风格更能让人感受出男性译者的简练和果断，而这正好也契合《穿越原始森林》自身体现的特点（区别于《乌苏里边疆区游记》的浪漫和《德尔苏·乌扎拉》的人情），这倒值得读者们体味感受一下。

需要格外说明一下的是，《德尔苏·乌扎拉》原作为 30 章，翻译后的作品为 20 章，译者是按照突出表现德尔苏·乌扎拉这一人物形象为主的原则进行删减的，并在不影响作品整体结构的前提下，对原作中偏离主人公形象描写的章节进行了删减，如关于负面情感、容易引起读者负面情绪的故事情节，以及不符合当地人形象的细节描写，等等。《乌苏里边疆区游记》原作全书含后记共 40 章，阿尔谢尼耶夫的考察路线共分为三个部分：第一部分是从乌苏里江铁路沿线出发，直到圣奥莉加湾，完成从内陆到海边的考察；第二部分是在圣奥莉加湾周边做了短线考察后，从圣奥莉加湾出发沿海岸线考察；第三部分是从海岸线返回到内陆伊曼河，结束考察。第三部分经历的地形和叙述方式与第一部分类似，第二部分主要是海岸线周边的地形地貌特征，因此，基于整体体量考虑，这本书以考察线路的相对完整为删减原则，只选取了考察线路的第一部分进行翻译出版。

“俄罗斯当代生态文学作品集”中的单本《虎啸风生》，来自俄罗斯当代最会讲老虎故事的人——奥列格·尼古拉耶维奇·沃罗诺伊。沃罗诺伊用一个个小故事为读者们铺开了一幅森林画卷，各种各样的老虎形象及故事酣畅淋漓地展现出来。这不是一本科普书，其目的并非普及老虎尤其是俄罗斯远东地区原始森林里的东北虎，而是在描述东北虎的特征和生活习性的基础上，以文学形式展示了原始森林地区人们对东北虎的态度，对赖以生存的自然环境的保护意识，并借由人和老虎的关系，延伸到对人和自然关系的讨论。看到最后，你不觉得老虎是老虎，这位最漂亮、最强壮也最凶猛的泰加林之王，是不需要靠“语言”这种东西来表达就能彼此理解的所谓“动物”（原文有多处相关表述），它是人类的敌人、威胁，亦是人类的邻居、伙伴。老虎的身上不仅拥有人类生活在地球上引以为傲的所具有的人性（大可不必），更具备大自然赋予的最原始的灵性，而后者在森林遭受滥伐、环境遭到严重破坏的今天反而更显难得和珍贵，仅从这一点来说，都是我们务必将这本书列入生态文学系列的理由。

故事的叙述，思想的传递，都离不开作家的妙笔生花。普里什文一如既往充满诗意和情感的表达、赋予每种生灵以鲜明个性的创作艺术风格在这些作品里都得到了最自然的发挥；阿尔谢尼耶夫善于把情感与理性妥善地结合起来，笔触真实而美好，作品虽名义上为考察记录，却人文色彩浓郁，兼顾了文学的可读性；沃罗诺伊笔下大量的第一人称叙事或对话让人仿佛置身森林中猎人的小木屋里，窗外是从西伯利亚刮来的寒风，屋内壁炉的炭火不时烧出噼里啪啦的声音，而我们围坐炉边，听一个个关于老虎的故事，不时惊叹。

无论如何，在这些作家的笔下，大自然才是所有故事的绝对主角。

不同于中国人惯用的循序渐进、委婉迂回的表述，区别于东方或西方典型风格的俄式抒情/感叹/幽默可能会让一些读者一时不能适应，甚至感到哭笑不得。然而，随着阅读的适应和融入，你会慢慢甄别出其中的独特味道，好似一碗鲜红色的俄式红汤，初时不适应，慢慢地，你就会发现这里不仅有牛肉、土豆、胡萝卜、甜菜根这些多样又丰富的内容，还有月桂、香芹这些佐料的多重风味，让人了解到独具魅力的俄罗斯文化。

当然，俄式风情的畅快表达也离不开译者的得力翻译。王金玲老师及整个团队对这套书的译文质量做了整体保障，译者们尽最大可能将原作的语言风格尤其是中心精神还原出来。无论是阿尔谢尼耶夫和德尔苏·乌扎拉从暴风雪中死里逃生，还是“灰猫头鹰”竭尽全力寻找两只小海狸，无论是虎口逃生，还是密林风光，都让人轻易“失足”跌入作品营造的故事和氛围中，同喜同悲，同乐同苦。

不可否认，书里所提及的山川河流以及原始森林地区难免存有争议，关于中国人的描写，也并非总是积极乐观的。在客观、理性、正面看待历史问题的今天，我们对此有所处理，却也适当保留，因为从某种意义上来说，它宝贵地记录下了那段时期那个地区那些人的几乎已经消失的生活方式和历史。勤劳勇敢的中国人，始终是大自然的亲密朋友。

作为出版者，我们诚挚地邀请您赶赴这一场森林之约。“俄罗斯当代生态文学作品集”是一个起点。我们祈望它是春天的一记信号，亦是一场春雷，当春光乍泄、春水涌动之时，我们每个人都能感受到大自然之美，而每个人的心里，也都拥有属于自己的大自然。

愿你我在森林中相逢。

图书在版编目（CIP）数据

丹顶鹤的故乡 / (俄罗斯) 米哈伊尔·米哈伊洛维奇·普里什文著 ; 冯宇译. -- 北京 : 西苑出版社, 2022.3

ISBN 978-7-5151-0789-9

Ⅰ. ①丹… Ⅱ. ①米… ②冯… Ⅲ. ①中篇小说一俄罗斯一现代 Ⅳ. ①I512.45

中国版本图书馆CIP数据核字(2021)第251515号

丹顶鹤的故乡

DANDINGHE DE GUXIANG

策划编辑　赵　晖

项目统筹　汪昊宇

责任编辑　汪昊宇

装帧设计　黄　尧

责任印制　陈爱华

出版发行　西苑出版社 XIYUAN PUBLISHING HOUSE

地　　址　北京市朝阳区和平街11区37号楼　邮政编码：100013

电　　话　010-88636419

印　　刷　三河市嘉科万达彩色印刷有限公司

开　　本　880mm×1230mm　1/32

字　　数　133千字

印　　张　6.5

版　　次　2022年4月第1版

印　　次　2022年4月第1次印刷

书　　号　ISBN 978-7-5151-0789-9

定　　价　49.80元